L'ARMINUTA

Donatella Di Pietrantonio

戻ってきた娘

ドナテッラ・ディ・ピエトラントニオ

関口英子＝訳

小学館

装画＝小山義人
装幀＝川名 潤

ごくわずかな時間しかいなかったピエルジョルジョへ

いまでもなお、ある意味、わたしはまだあの少女時代の夏で止まったままだ。わたしの心はそのまわりを安らぐことなく周回し、身を打ちつけつづける。まばゆい明かりに吸い寄せられる虫さながらに。

——エルサ・モランテ『嘘と魔法』

1

十三歳のとき、もう一人の母親のことはわたしの記憶になかった。

わたしは持ちにくいトランクと何足もの靴がごちゃごちゃに入った手提げ袋を抱え、やっとの思いでその人のアパートの階段をのぼっていた。目的の階に着くと、揚げものをしたばかりのにおいに迎えられ、待たされた。ドアはなかなか開こうとしなかった。内側から誰かが無言で揺さぶり、鍵をいじくっている。蜘蛛《くも》が糸の先にぶらさがり、宙でもがいていた。

がちゃりという金属音に続いて女の子が顔をのぞかせた。おさげの三つ編みは何日か前のものらしく、緩んでいた。わたしの妹のはずだけど、会うのはそれが初めてだった。刺すような視線をこちらにむけたまま、扉を少しだけ開けて中に入れてくれた。あのころのわたしたちは、大人になったいまよりよく似ていた。

2

わたしを産んだ女は椅子から立ちあがろうともしなかった。腕に抱かれた男の赤ん坊が口の端で親指をしゃぶっている。きっと乳歯が生えかかっているのだろう。二人ともじっとこちらを見つめ、それまで単調な泣き声をあげていた赤ん坊は静かになった。そんな小さな弟がいるなんて、わたしは知らなかった。

「着いたのかい」その女が言った。「荷物、置きな」

わたしは目を伏せて、少しでも動かすと袋から立ちのぼってくる靴のにおいのほうを見ただけだった。半びらきになったドアの奥の部屋からは、高らかな鼾《いびき》が途切れることなく聞こえていた。ふたたびむずかりだした赤ん坊は母親の胸にむきなおり、色褪《いろあ》せたコットンの、汗ばんだ花模様の上によだれを垂らした。

「ドアぐらい閉めたら？」突っ立っていた女の子に母親がぞんざいな口調で言った。

「この子を連れてきた人たちはあがらないん？」尖《とが》った顎をしゃくってわたしを指しながら、女の子が言い返した。

ちょうどそのとき、叔父《おじ》さん——これからはそう呼ぶように言い聞かされていた——が、階段をのぼったせいで息を切らしながら入ってきた。夏の昼下がりの容赦ない暑さのなか、わたしのサイズの真新しいコートがかかったハンガーを二本の指でぶらさげていた。

「奥さんは来なかったのかい？」わたしの産みの母親が、腕のなかでしだいに激しくむずかる赤ん坊に負けじと声を張りあげて尋ねた。

「ベッドから起きあがれなくて」顔を背けながら叔父さんが答えた。「昨日は、僕が買い物に行ったんです。なにか冬物も入り用だと思って」そして、コートについているブランド名の入ったタグを見せた。

わたしは開け放たれた窓のほうに移動して、荷物を床に置いた。遠くで、トラックから大量の砂利をおろすような大きな物音が響いていた。

女は客にコーヒーをふるまうことにした。そうすればコーヒーのにおいで夫も目を覚ますだろうと言いながら。泣くのもおかまいなしに赤ん坊をサークルに入れると、殺風景な食堂から台所に移動した。赤ん坊はネットにつかまって立ちあがろうとした。紐《ひも》をからませて場当たり的にふさいだ穴に、ちょうどいい具合に手がひっかかる。わたしが近づくと、癇癪《かんしゃく》を起こしてますます大声で泣きわめいた。毎日一緒に過ごしているお姉ちゃんがようやくのことサークルから赤ん坊を抱きあげ、砂岩のタイルの床においた。すると赤ん坊は、話し声のする台所のほうへ這《は》っていった。それまで弟を見ていた女の子の翳《かげ》のある眼差《まなざ》しが、伏せたままわたしにむけられた。真新しい靴の金色の留め金を熱心に見定めてから、おろしたてのワンピースにまだぴしっとついている青いプリーツに沿って視線をあげた。彼女の背後で大きな蠅《はえ》が飛びまわり、ときおり壁にぶつかりながら、外に出られる隙間を探していた。

「その服も、あの人に買ってもらったん？」女の子が小声で尋ねた。

「昨日、この家に戻るために買ってくれたの」

「あの人はあんたのなに？」好奇心をあらわにしている。

「遠い親戚の叔父さん。昨日まで、あの人と、あの人の奥さんと暮らしてたの」

「じゃあ、誰があんたの母さん？」ためらいがちに訊《き》いた。

「二人いて、一人はあなたのお母さん」

「ときどき、姉ちゃんがいるって言ってたけど、あいつの言うことはあんまり信用できん」

そう言うと、いきなりわたしの服の袖を物欲しげに二本の指でつまんだ。

「この服、もう少ししたらあんたには小さくなる。来年はうちがお下がりでもらうから、汚さんように気ぃつけて」

父親らしき男が欠伸《あくび》をしながら裸足《はだし》で寝室から出てきて、上半身裸のままこちらへ来た。コーヒーの香りをたどる途中で、わたしのことが視界に入ったらしい。

「着いたのか」奥さんとおなじく、そう言った。

3

台所から洩れ聞こえる会話は途切れがちで活気がなく、コーヒーをかきまわすスプーンの音も間もなく途絶えた。椅子をひきずる音を聞いて、喉もとに恐怖がこみあげた。叔父さんが別れの挨拶をしに近づいてきて、わたしの頬をそそくさと撫でた。

「いい子にするんだぞ」

「車に本を忘れてきちゃった。取ってくる」あとを追って、わたしも階段をおりた。

グローブボックスのなかを探すという口実で助手席に乗り込むと、ドアを閉めてロックボタンを押した。

「なにをしてる?」ひと足早く運転席に座っていた叔父さんに咎《とが》められた。

「わたしも一緒にうちへ帰る。絶対に迷惑をかけないから。お母さんは病気だから、わたしの手伝いが必要なの。わたしはここにいたくない。あのうちは知らない人たちばかりだもん」

「その話はもう何度もしたはずだ。頼むから聞き分けてくれ。おまえの帰りを待っていた本当の両親に、かわいがってもらうんだ。きょうだいのたくさんいる家で暮らすのはきっと楽しいぞ」そう言いながら、いま飲んだばかりのコーヒーと歯肉のにおいが混じった吐息をわたしの顔に吹きかけた。

「これまでどおり三人で、うちで暮らしたい。わたしがなにか悪いことをしたのなら言って。

もう二度としないから。わたしをここにおいてかないで」

「すまないが、前にも説明したとおり、これ以上、おまえの面倒をみるわけにはいかないんだ。さあ、聞き分けのないことは言わずに車から降りなさい」目の前の一点をじっと見つめて、彼はそう言い放った。何日か剃っていない無精髭《ぶしょうひげ》の下で、怒りだす寸前のように顎の筋肉がぴくぴくと引きつっていた。

それでもわたしは車から降りず、抵抗を続けた。すると彼は拳骨《げんこつ》でハンドルを一発殴りつけ、助手席の前の狭いスペースにしゃがみ込んで震えているわたしをひきずり出そうと、運転席から降りてきた。キーでドアを開けると、わたしの腕をつかんで引っ張った。買ってもらったワンピースの肩の部分が数センチにわたってほつれた。つかんだ手が、その日の朝まで一緒に暮らしていた寡黙な父のものだとは到底思えなかった。

そうして、空き地のアスファルトの上にタイヤ痕とわたしだけがとり残された。ゴムの焦げた臭いが空気中に漂っている。顔をあげると、三階の窓から誰かがこちらの様子をうかがっていた。無理やり戻されることになった、わたしの実の家族の一人だ。

三十分後、叔父さんが戻ってきた。ドアをノックする音に続いて、廊下から彼の声がした。その瞬間、わたしはすべてを赦し、喜び勇んで荷物をつかんだ。なのにドアまで行くと、足音はすでに階段の下まで遠ざかっていた。代わりに妹がバニラアイスのカップを腕に抱えて立っていた。わたしのいちばん好きな味だ。叔父さんは、わたしを一緒に連れて帰るためではなく、アイスを届けに戻っただけだった。わたしは、それを食べなかった。一九七五年八月の午後のことだ。

4

夕方になると三人の兄たちが帰ってきた。一人は挨拶代わりに口笛を吹き、もう一人はわたしの存在に気づきもしなかった。互いに肘で牽制《けんせい》しながら台所へとなだれ込み、母親が食事の支度をしていたテーブルに席を奪い合うようにして座ると、ソースをはね散らかしながら皿いっぱいに盛った。わたしのいる角には、かろうじてソースのかかった、すかすかの肉団子がひとつまわってきただけだった。中身は白っぽく、しめった古いパンに、ほんの気持ちだけ挽《ひ》き肉が混ざっていた。要するに、ソースに別のパンを浸しながらパン団子を食べて空腹を満たしていたのだ。数日もすれば、わたしも競い合って食べ物を確保し、ひたすら自分の皿に神経を集中させて、空中から襲ってくるフォーク攻撃をかわす術《すべ》を身につけることになるのだが、その日は、あまりにみじめなわたしの皿を見かねて母親がつけ足してくれたわずかばかりの量まで横取りされてしまった。

実の両親は、晩ご飯がすむころになってようやく、家にわたしのベッドがないことに気づいた。

「今夜は妹と一緒に寝ろ。どうせ二人ともがりがりなんだから。明日になったらまた考えよう」と、父親が言った。

「互い違いにならないと、二人で寝られんよ」妹のアドリアーナが言いだした。「一人はこっちが頭で、もう一人は足。ちゃんと足を洗って寝るから大丈夫」わたしを安心させるために、そう言い添えた。

ひとつの盥《たらい》に二人して足を浸《つ》けた。アドリアーナは時間をかけて指と指のあいだの汚れを落としていた。

「見て、水が真っ黒。うちの足のせいだね。そっちの足ははじめからきれいだったもん」そう言って笑った。

アドリアーナがわたしの分の枕をどこからか見つけてきて、二人で電灯を点《つ》けずに寝室に入った。兄たちはもう寝息を立てていて、思春期の男子に特有の強烈な汗の臭いがした。その晩は、アドリアーナとひそひそ声で話しながら互い違いになってベッドに入った。羊毛の詰め物をしたマットレスはふにゃふにゃで、使い古されたせいで形が崩れ、中央が窪《くぼ》んでいた。おまけに、それまで染み込んだおしっこがアンモニア臭を放っていた。嗅いだ経験のない臭いに、わたしは胸がむかむかした。蚊が血を吸いたがっていたので、すっぽりと肌掛けをかぶりたかったのだけれど、寝ぼけたアドリアーナに反対方向へ引っ張られてしまった。

そのとき、アドリアーナの身体《からだ》がいきなりびくっと震えた。きっとどこかに落ちる夢でも見たのだろう。わたしは彼女の片方の足をそっと動かして、安物の石鹸《せっけん》で洗ったばかりの足の裏に頬っぺたをくっつけた。それからほとんどひと晩じゅう、彼女の足の動きに合わせてそのざらついた肌に顔を寄せ、欠けてがたがたになった爪の先端を指でなぞっていた。荷物のなかに小さな鋏《はさみ》があるはずだから、朝になったらあげよう。

開け放たれた窓の端から下弦の月が顔を出し、反対側の端へと消えていった。月が消えたあとに彗星が輝き、その方角ならば家々に邪魔されずに夜空を眺められるというささやかな幸運を、わたしは噛《か》みしめた。

父親は、明日になったらまた考えようと言ったくせに、翌日にはベッドのことなど忘れていた。わたしもアドリアーナも敢《あ》えてなにも言わなかった。毎晩わたしは、アドリアーナの足の裏を借りて頬っぺたを押しつけた。いくつもの寝息が混じり合う暗闇で、それだけがわたしの心の縁《よすが》だった。

5

生温かくて湿ったものが肋骨《ろっこつ》や脇腹の下にじんわりとひろがり、わたしは飛び起きた。自分の股のあいだを触ってみたが、濡れていない。暗闇のなかでアドリアーナが横になったままもぞもぞと動いていたが、やがてベッドの隅で小さくなって、そのまま眠りつづけた。どうやら日常茶飯事らしい。仕方なく、わたしもできるだけ身を縮めてもう一度ベッドで横になった。湿った部分をとり囲むように二つの身体が丸まっていた。

臭いは少しずつ蒸発していき、ときおりふっと鼻をつく程度になった。明け方近く、誰かはわからないけれど、兄の一人が小刻みに身体を揺すりはじめたかと思うと、しだいにリズムが速くなっていき、数分後、喘《あえ》ぎ声とともにぴたりと止まった。

朝になって目を覚ましたアドリアーナは、枕に頭をのせて目を見ひらいたまま、身じろぎもせずにいた。しばらくわたしを見つめ、押し黙っている。そこへ赤ん坊を抱いた母親がアドリアーナを起こしにやってきて、部屋の臭いを嗅いだ。

「あんた、またおねしょしたのかい。しょうもない子だこと。しょっぱなから醜態をさらしちまって」

「うちじゃないもん」アドリアーナは壁のほうに顔をむけて言った。

「だったら、行儀よく育てられた姉さんだとでも言うのかい。ほら、さっさと動きな。もう遅いんだから」そうして二人は台所へ移動した。

二人についていきそびれたわたしは、どうすればいいのかわからなかった。トイレに行く勇気さえなく、その場に立ちつくした。一人の兄が、股をひらいてベッドの縁に座っている。欠伸と欠伸の合間に、パンツの盛りあがった部分を片手で軽く持ちあげていた。寝室にいるわたしに気づくと、眉間に軽く皺《しわ》を寄せてじろじろと観察しはじめた。その視線がわたしの胸のあたりでとまった。暑かったので、わたしはパジャマ代わりのタンクトップ一枚しか着ていなかった。本能的に両腕を組み、しばらく前から目立ちはじめていた胸のふくらみを覆った。腋《わき》の下から汗が噴き出す。

「おまえ、ここで寝てたのか?」大人になりかけた男の声で問いかけられた。

わたしはどぎまぎしながら、そうだと答えた。相手はこちらを露骨に眺めまわしている。

「十五歳?」

「ううん、こんど十四になるところ」

「でも、十五か、もっと上に見える。早熟なんだな」兄はそう結論づけた。

「そっちは?」わたしも社交辞令として訊き返した。

「じき十八。俺がいちばん上だ。もう働いているけど、今日は休みさ」

「どうして?」

「雇い主が来なくていいって。必要なときだけ声がかかるんだ」

「なんの仕事をしてるの?」

「現場作業員」

「学校は？」

「学校なんてくだらない。中二のときに中退したよ。どうせ落第だったしな」

職業柄か、筋骨隆々のいかつい肩をしていた。栗色のもじゃもじゃとしたあぶくのようなものが日焼けした胸板を這いあがり、顎のあたりまで続いていた。彼もまた早熟だったにちがいない。伸びをすると大人の体臭がした。不快なにおいではなかった。額の左側に魚の骨の形をした縫い痕がある。古い傷の縫合がうまくいかなかったのだろう。

それ以上わたしたちは言葉を交わさなかった。兄はまたしてもわたしの身体を眺めまわしている。ときおり手でペニスの位置を変えて、なるべく邪魔にならない場所を探しているらしかった。わたしは服を着たかったのだが、前の晩、トランクに入れたまま荷物をむこうに置きっぱなしにしたので、取りに行くには、彼の視線に背中をさらして数メートル移動しなければならなかった。仕方ないので状況が変わるのを待つことにした。彼の視線がゆっくりと、白い綿地で覆われたわたしの腰から、むきだしの腿《もも》、引きつった足へとおりていく。わたしは絶対に背をむけるまいと思っていた。

そこへ母親がやってきて、兄に急ぐよう言った。近所の人が畑仕事の手伝いを探しているらしい。お礼に、熟したトマトを数ケースもらえるそうだ。それで保存用のトマトソースを作るのだ。

「朝ご飯が食べたかったら、あんたも妹と一緒に牛乳を買ってくるんだね」わたしには柔らかな口調で命じようとしたものの、最後のほうは普段のぞんざいな物言いに戻っていた。

むこうの部屋では、赤ん坊がはいはいでわたしの靴の入った手提げ袋のところまで行き、中身を周囲に散らかしていた。手に持った靴に噛みつき、さも苦そうに口を歪《ゆが》めている。アドリアーナは早くも椅子に膝立ちをして台所のテーブルにむかい、昼食のためにインゲン豆の下ごしらえをしていた。

「なにしてるんだい。食べられるところまでゴミにするんじゃないよ」すかさず母親の小言が飛ぶ。

アドリアーナは少しも気に留めていないようだった。

「シャワーを浴びてきなよ。牛乳を買いに行くんやから。もうお腹《なか》ぺこぺこ」と、わたしに言った。

浴室を使うのはわたしが最後だった。はねた水で濡れた床を兄たちがかまわず歩いたものだから、靴底の跡と素足の跡とが混じっている。うちの浴室のタイルなら、こんなに悲惨な状態になることはない。わたしは足をすべらせて転んだものの、バレエで鍛えられていたから、怪我はしなかった。

夏休みが終わってもバレエ教室には通えないだろう。スイミングだって無理に決まっている。

6

わたしがその家に戻ってほどないある朝のこと、窓の外のどんよりとした明かりが、その日もまた、間もなく雷雨になるだろうと告げていた。あたりは奇妙な静寂に包まれていた。アドリアーナは弟を連れて一階に住む未亡人のところへ行き、男たちはみんな出払っていた。家に残っていたのはわたしと母親だけだった。

「若鶏を剝いでおくれ」死んだ鶏の両足をつかみ、ぐいとこちらに突き出して母親が命じた。鶏の頭がだらんと垂れ下がっている。おそらく誰かが届けてくれたのだろう。その少し前に廊下から話し声がして、最後に母親がお礼を言うのを聞いていた。

「それが終わったら捌《さば》くんだよ」

「なにをしろって？　わからない」

「このまま食べるつもりかい？　羽根をむしるんだ。それから解体して、内臓を抜くのさ」こちらに突き出した鶏を軽く揺すりながら、母親が説明した。

わたしは一歩あとずさりして目を逸《そ》らした。

「気持ち悪くてできない。代わりに掃除をするから」

母親はこちらをちらりと見ただけで、それ以上なにも言わなかった。シンク脇の調理台にどすんという鈍い音を立てて鶏の死骸を叩《たた》きつけると、怒りにまかせて羽根をむしりはじめた。

「この子ったら、料理した鶏しか見たことがないのかね」苦虫を嚙みつぶすように言うのが聞こえた。

わたしは一心不乱に掃除をした。掃除なら難しくないが、そのほかの家事は、慣れていないせいで手際が悪かった。浴槽の底にへばりついた石灰の汚れをひとしきりスポンジで擦《こす》ってから、蛇口をひねり、水を張った。冷たい水だ。お湯は出なかったけれど、尋ねる気にもなれなかった。汚れた浴室とトイレを汗だくになってきれいにしているあいだ、台所からはときおり、骨の砕ける音が聞こえてきた。掃除を終えると、ドアを閉めて内側から針金のフックを引っ掛け、浴槽に張った水に身体を沈めた。縁にあった石鹼に手を伸ばそうとした瞬間、このまま死ぬかもと思った。頭や腕や胸からすっと血の気が引き、冷たくなったのだ。それでも最低限必要なことをするだけの猶予が数秒あった。排水栓を抜き、助けを求める。ただ、台所にいる女に気づいてもらうためには、なんと呼べばいいのかわからなかった。「お母さん」という言葉が出てこなかったのだ。「お」や「か」の音の代わりに、だんだんと減っていく水のなかに酸っぱい牛乳の塊を吐き出した。助けを呼びたいのに、名前すら思い出せない。仕方なく叫び声をあげて、そのまま気を失った。

どれくらいの時間が経《た》っただろうか。わたしは、アドリアーナの乾いたおしっこの臭いで目が覚めた。タオルを一枚かけただけで、裸でベッドに寝かされていた。すぐそばの床には空になったコップ。おそらく砂糖水が入っていたのだろう。母親はどんな病気でも、そうやって治していた。しばらくすると寝室のドアから顔をのぞかせた。

「気分が悪いなら、最悪の状態になるまで我慢してないで、どうしてすぐに言わなかったんだい？」口のなかでなにかを噛みながら、そう尋ねた。

「ごめんなさい。すぐによくなると思ったの」わたしは母親の顔を見ずに答えた。

わたしは何年ものあいだ、一度も母親を呼んだことがなかった。実の母親の許《もと》に戻されてからというもの、「お母さん」という単語は、まるで外に飛び出すことのない蟇蛙《ひきがえる》のように、わたしの喉の奥にへばりついていた。なにか急ぎの用事があるときには、別の方法で注意を引くようにした。たとえば弟を抱いているときなら、足をつねって泣かせる。そして母親がこちらをむくまで待って話しかけた。

わたしは、自分が弟にそうした小さな嫌がらせをしたことなど長いあいだ忘れていた。それなのに、弟も二十歳《はたち》を過ぎたいまになって偶然思い出したのは、彼が暮らしている施設のベンチで隣に座り、当時わたしが弟の足につけたのとおなじような痣《あざ》があるのを見つけたからだ。家具の角にぶつけてできた痣らしかった。

夕食時、滅多にない鶏肉のご馳走にみんな色めきたった。アドリアーナは、夏なのにクリスマスが来たのかと思ったらしい。わたしは、内臓をとりのぞくところを目撃した嫌悪感と空腹との板挟みになっていた。朝食の汚れた食器が放置されたシンクで、鶏から内臓が垂れ下がる光景が瞼《まぶた》の裏に焼きついていたのだ。

「腿は一本を父さんに、もう一本は今日気絶したこの子にあげよう」母親が決めた。ところが、翌日の分として胸肉をあらかじめ取り分けると、小さくて骨だらけの部位しか残らなかった。セルジョと呼ばれていた兄がすかさず反論した。

「気分が悪い奴には、腿なんてやらずにスープを飲ませりゃいいだろう。腿は俺のもんだ。今日、上の階の引っ越しを手伝って稼いだ金を、母さんに取りあげられたんだ」むきになってつっかかった。

「おまけに、こいつのせいで風呂場のドアがぶっ壊れたんだぞ」わたしのほうに人差し指を突きつけながら、もう一人の兄が加勢した。「こいつは厄介ごとばかり起こしやがる。いままで面倒をみてた連中のところに返したらどうなんだ?」

するとと、父親が二人の頭を平手で押さえつけて椅子に座らせ、黙らせた。

「お腹すいてない」わたしはアドリアーナにむかってそうつぶやくと、寝室に逃げ込んだ。しばらくして、アドリアーナがひと切れのパンとオリーヴオイルを持ってきてくれた。妹はシャワーを浴びて服も着替えていたけれど、穿《は》いているスカートはつんつるてんだった。

「急いで。食べおわったら着替えてお祭りに行こうよ」そう言って、わたしの鼻先に皿を突き出した。

「お祭りって、なんの?」

「守護聖人のお祭りに決まってるやん。楽隊の音楽が聞こえなかったん? そろそろ広場で歌が始まる時間だよ。けど、うちは広場には行かないの。ヴィンチェンツォが回転ブランコに乗せてくれるって」アドリアーナが耳もとでささやいた。

それから三十分もしないうち、ヴィンチェンツォのこめかみにある魚の骨の傷痕が、ロマの寝泊まりしている空き地の街灯の下で輝いていた。腿肉をめぐる諍《いさか》いでわたしを詰《なじ》らなかったのは、三人の兄のうち長兄のヴィンチェンツォだけだった。下の兄二人には声を掛けなかったので、わたしとアドリアーナだけがヴィンチェンツォと一緒だった。ヴィンチェンツォはどこでかき集めたのかわからない小銭を数えてから、チケット売りとひとしきり話し込んでいた。おそらく祭りのときに毎年会っているのだろう、気心の知れた仲らしかった。年まわりもほぼおなじで、肌の色もおなじように浅黒く、一緒に煙草を吹かしている。ロマの切符売りは最初の一回分だけ料金を受け取り、あとは乗り放題にしてくれた。

わたしは回転ブランコに乗るなんて生まれて初めてだった。それまではお母さんが、危ないからと乗らせてくれなかったのだ。知り合いの子どもがバンパーカーに乗っていて親指をつぶしたとかで、神経質になっていた。

アドリアーナは手慣れたもので、わたしが椅子によじのぼるのを手伝い、安全バーを閉めてくれた。

「チェーンにしっかりつかまってて」そう注意すると、わたしの前の椅子に座った。

アドリアーナとヴィンチェンツォに挟まれてわたしは宙を舞った。恐怖心が和らぐようにと真ん中にしてくれたのだ。もっとも高く椅子があがった瞬間、わたしは幸せに手が届くかもと思った。それまでの数日に起こった出来事は、重苦しい霧のように地面を這っていた。その上を何度も素通りするうちに、すべて忘れられる気がした。何周かしたところで、背後から兄の声がして、爪先で背中をつつかれた。「このしっぽをキャッチしてみろ」

なのに、わたしはチェーンを離すのが怖くて、手を前に伸ばせなかった。

「手を思い切り伸ばすんだ。大丈夫、怖くないから」ヴィンチェンツォに励まされ、さっきよりも強く背中をつつかれた。三度目にして、ようやく宙に身を乗り出せた。すると、ひらいた掌《てのひら》にもふもふのものが触れたので、思いっきり握った。気づくと、わたしはキツネのしっぽをつかんでいて、ヴィンチェンツォの喝采を浴びた。

やがてブランコの回転がゆるやかになり、ぎいぎいという鉄の軋《きし》む音を立てながらゆっくりと止まった。椅子から降りたわたしは、身体がまだ回転しているような気がして、二歩ばかりよろめいた。腕が震えていたのは寒さのせいではなかった。雷雨のあと、すぐに蒸し暑さがぶり返していたのだから。ヴィンチェンツォが歩み寄り、きらきらとした瞳でわたしの目をまっすぐ見つめた。なにも言わなかったものの、勇気を認めてくれたのだ。わたしが風で乱れた服を直しているあいだ、兄は煙草に火を点け、ひと息めの煙をわたしの顔に吹きつけた。

7

家のすぐ手前まで来たところで、ヴィンチェンツォから鍵を渡された。回転ブランコに忘れ物をしたから取りに戻る、ドアを少し開けておいてくれと言うのだ。

ベッドに入ってからもわたしは宙を舞った興奮が冷めやらず、寝つけないでいたけれど、いつまで待っても兄は帰らなかった。間仕切りを隔てた両親の寝室から聞こえていたベッドの軋むリズミカルな音も、やがて静かになった。まんじりともしないまま時間が過ぎ、もぞもぞと足を動かしているうちに、片足でアドリアーナの顔を蹴ってしまった。しばらくすると、またしてもあの生温かい湿り気がひろがってきたので、わたしは起きあがり、相変わらずもぬけの殻だったヴィンチェンツォのベッドにもぐり込んだ。顔の位置をずらすたびに、腋の下、口、ペニスなど、彼の身体の各部のにおいがした。わたしは、ロマの友達のトレーラーハウスの前で紫煙をくゆらせながら喋《しゃべ》るヴィンチェンツォの姿を思い浮かべた。そうしているうちに、ようやく眠りに落ちた。すでに明け方近かった。

ヴィンチェンツォは翌日の昼どき、作業着のズボンにごわごわとしたセメントの染みをつけて現われた。夜のあいだ彼がいなかったことなど誰も気に留めていないように見えた。ところが、食卓につこうとした彼を見て、両親が目配せをした。

次の瞬間、父親がなにも言わずにいきなり彼を殴った。ヴィンチェンツォはバランスを失ってよろめき、トマトソースを和《あ》えたパスタの皿に片手を突っ込んだ。何日か前に彼が畑仕事の報酬として手に入れたトマトで作ったソースだ。ヴィンチェンツォはそのまま床にしゃがみ込んで身を護《まも》り、目をつぶって父親の怒りが去るのを待った。父親の足音が遠のくと、転がるように隅へ移動し、気力が回復するまでひんやりとした床の上で仰向けになっていた。

「あんたたち、さっさと食べなさい」母親が言った。腕に抱かれた弟は慣れっこのようで、兄が殴られるのを見ても泣き声ひとつあげなかった。兄たちはすぐに言うことを聞き、しばらくぐずぐずとテーブルクロスをいじくりまわしていたアドリアーナも、やや遅れて食べはじめた。恐怖に怯《おび》えていたのは、それまで暴力なんて間近で見たことのなかったわたしだけだった。

わたしはヴィンチェンツォの傍らに行った。浅く小刻みな呼吸に合わせて胸板が動いている。鼻から軽くひらいた口へと二筋の血が流れ、みるみるうちに頬骨のあたりが腫れあがった。手にはトマトソースがついたままだ。わたしがポケットのハンカチを差し出すと、彼は受け取らずにそっぽをむいた。そこでわたしも床に座り、小さな点となって彼の沈黙に寄り添った。ヴィンチェンツォはわたしの存在を感じながらも、追い払おうとはしなかった。

「次は八つ裂きにしてやる」父親がテーブルを立つ音がすると、ヴィンチェンツォは歯のあいだでそう誓った。ほかのみんなはすでに食事を終えていた。アドリアーナは食器を片づけはじめ、末っ子は眠くてぐずりだした。

「食べないんなら勝手におし」わたしの目の前を通りながら、母親が言った。「だけど、皿はきちんと洗っとくれよ。今日はあんたの当番なんだから」食器であふれかえるシンクを指差した。息子と母親は、目を合わせようともしなかった。

やがてヴィンチェンツォも立ちあがり、顔を洗いに浴室へ行った。そして、ちぎったトイレットペーパーを丸めて鼻の穴に詰めると、急いで仕事場へ戻っていった。昼の休憩時間はとっくに終わっていた。

わたしが洗剤をつけて洗った食器を、傍らでアドリアーナがすすぐ。手を動かしながら、アドリアーナは兄の家出のことを話してくれた。最初の家出はヴィンチェンツォが十四歳のとき。近くの村の祭りのあと、移動遊園地を運営していたロマについていったのだ。遊園地を畳むのを手伝っていたと思ったら、出発間際になってトラックに飛び乗り、荷台に身を隠した。そして、次の野営地に着くまで、そのままじっとしていた。すぐに追い返されるかと思ったら、ロマたちは何日かおいてくれ、田舎町をまわりながら一緒に働かせてくれた。両親の許に戻るバスに乗せるときには、記念にと指輪まで持たせてくれた。

「帰ってきた日には、父ちゃんに梶棒《こんぼう》でぼこぼこにされたんよ」とアドリアーナは言った。

「でも、そのときにもらったシルバーの指輪に不思議な模様が彫ってあって、兄ちゃん、いまも大切に持ってる。昨日、友達と話してたでしょ。あの人にもらったん」

「ヴィンチェンツォが指輪をしてるところなんて、見たことないけど」

「隠してあるんよ。ときどきはめて、指でくるくる回して、またどこかに隠すみたい」

「隠し場所は知ってる？」

「知らない。何度も変えてるみたいだし。きっと魔法の指輪なんよ。だって指輪に触ったあとは、しばらく幸せそうにしてるもん」

「昨夜《ゆうべ》もロマのところに泊まったの？」

「たぶんね。ロマの友達のところへ行ったあとは、あんなふうに嬉しそうな顔で帰ってくるんよ。殴られるってわかってるのに」

アドリアーナは母親に呼ばれて、ベランダに干してあった洗濯物を取り込みに行ってしまった。わたしに言いつけられる家事は、アドリアーナが日々こなしている量に比べるとわずかだった。母親が手加減していたからか、そもそもわたしの存在など頭になかったからか、わからない。どちらにしても、わたしは家事ができないと思われているらしかった。無理もない。訛《なま》りの強い早口で命じられて、なにを言われたのかされ理解できないこともしばしばだったのだから。

「最初にヴィンチェンツォが家出したときのことを憶《おぼ》えてる？」畳んだ洗濯物を台所に置きにきたアドリアーナに尋ねてみた。「あの人はなにも手がつかないくらい心配してた？　警察には連絡したの？」

アドリアーナは眉と眉がくっつきそうなほど眉間に皺を寄せた。

「ううん。警察には連絡しなかった。父ちゃんが車であちこち探しまわっただけ。母ちゃんは泣いてなかったけど、静かだったよ」そう言うと、兄弟を叱りつけている怒声のほうを顎で示した。

8

せめて少しだけでも眠りたくて、わたしは海を思い浮かべていた。自分のうちだと信じて疑わず、幼いときからつい数日前まで住んでいた家から数十メートルのところにあった海。庭から道路を一本隔てたむこうは砂浜で、南西から強い海風が吹きつける日など、お母さんは部屋が砂だらけにならないように窓をぴったりと閉め、鎧戸《よろいど》を下までおろしていた。それでも、打ち寄せる波の音はわずかに和らぐ程度で、夜になると眠りに誘《いざな》ってくれるのだった。アドリアーナと分かち合うベッドのなかで、わたしはその音を思い出していた。

海岸沿いの道を両親と散歩し、町でいちばん有名なジェラート屋さんまで行っていたことを、わたしはまるで御伽噺《おとぎばなし》のようにアドリアーナに語って聞かせた。お母さんはね、肩紐のあるワンピースに、足には赤いペディキュアを塗って、お父さんと腕を組んで歩いてたの。わたしは走って先に行き、列にならんでね、生クリームをトッピングしたミックスフルーツ味のジェラートを注文したんだ。お父さんとお母さんはバニラ味……。アドリアーナはそんなにいろいろな味のジェラートがあるなんて理解できないらしく、何度も種類を聞きたがった。

「その町はどこにあるん?」魔法の国の話でもしているかのように、憧れのため息をつきながら尋ねた。

「ここから五十キロぐらいのところよ」

「いつかうちも連れてって。そうしたら海だって見れるし、ジェラート屋さんにだって行ける」

夏には庭で夕飯を食べていたことも話した。わたしがテーブルの支度をしていると、数メートル先にあるフェンスのむこうの歩道を、砂浜から引きあげる海水浴客たちが通っていった。木のサンダルをひきずり、足首についた砂粒を落としながら。

「なにを食べてたん?」と、アドリアーナが尋ねた。

「たいてい魚料理」

「缶詰のツナ?」

「そうじゃないよ。魚はほかにもいろんな種類があるの。市場で漁師さんから新鮮な魚を買ってたんだ」

わたしは指で、イカの足の形を真似《まね》てみせながらその姿を説明し、シャコが露店でぴちぴちと跳ねる様子や、それを夢中になって観察していたことを話して聞かせた。わたしは、いつもシャコたちに見つめ返されているような気がしたものだった。しっぽにある二つの黒い点が、悲しげになにかを訴えかける目のように見えたのだ。買って帰る途中、お母さんと一緒に線路に敷かれた砂利に沿って歩いていると、袋のなかで瀕死《ひんし》のシャコがのたうちまわる音が聞こえた。

そんな話をしているうちに、お母さんがよく作っていたフライや魚のシチュー《ブロデット》、イカの詰め物の味が口のなかでひろがるような気がした。お母さんはどんな具合なのだろう。少しは食事がとれるようになったかな。たまにはベッドから起き出せるようになっただろうか。ひょっとするとどこかの病院に入院しているのかもしれない。病気のことをなにも話してくれなかったのは、わたしに余計な心配をかけたくないからに決まっている。この数か月というもの、とにかくつらそうだった。五月に入って陽気が暖かくなると真っ先に海へ行っていたお母さんが、ビーチにも行かなかったのだから。そして、わたしが独りでビーチパラソルを使うことを許してくれた。どっちみちもう大きくなったのだからと言って。出発の前日もわたしはビーチに行き、友達と楽しく遊んでいた。まさか両親が本当にわたしを手放すなんて、思ってもいなかったのだ。

肌にはまだ、水着の部分だけ白くなった日焼けの跡が残っていた。その年から、わたしはもう子どもではなくなり、ブラジャーをつけるようになっていた。兄たちもみんな日焼けしていたけれど、仕事中や外で遊んでいるときに露出している手や足だけ。きっと夏の初めに皮がむけ、繰り返し日焼けして黒くなったのだろう。ヴィンチェンツォの背中には、消えない地図のように陽射しの跡が刻まれていた。

「町には友達がいたの？」窓辺にいたアドリアーナが尋ねた。ちょうど空き地で遊んでいたクラスメートに呼ばれて、挨拶を返したところだった。

「いたよ。大の親友はパトリツィア」

春にツーピースタイプの水着を選んだときも、ほかでもなくパトリツィアと一緒だった。プールの近くの店に一緒に買いに行ったのだし、そもそもスイミング教室にも一緒に通っていた。ほぼ選手並みの実力のパトリツィアに対して、わたしはどちらかというとしぶしぶ泳いでいた。とにかく寒くてたまらなかった。プールに入る前も、出てからも。プールのなかの灰色の空気が好きになれなかったし、塩素の臭いも嫌いだった。なにもかも変わってしまったいまとなっては、それさえも懐かしく感じられたけれど。

わたしとパトは、おそろいの水着を買って、新しい体形でのビーチデビューを飾るつもりでいた。わたしたちは初潮が来たのもたった一週間違いだったし、にきびが吹き出したのもほぼ同時だった。二人の身体は互いに響き合いながら成長していたのだ。

「あなたにはこっちのほうが似合うわよ」陳列棚のあいだからお母さんが言った。たくさんのビキニのなかから、なるべく身体を覆う部分の大きなものを見つけたらしかった。「胸の皮膚は繊細だから、それじゃあ水ぶくれができちゃうでしょ」わたしは、その日の午後の出来事をこと細かに記憶している。その翌日からお母さんは体調を崩したのだった。

それで結局、わたしは胸の真ん中と腰の両脇にリボンのついた小さなビキニをあきらめたのだけれど、パトリツィアは別だった。やっぱりそれを買ったのだ。

一緒に遊ぶときにはいつもパトリツィアがうちに来て、わたしのほうから彼女の家に行くことは滅多になかった。パトリツィアの家庭の好ましくない習慣にわたしが感化されるのを、両親が嫌がったからだ。パトリツィアの家族はみんな朗らかで、細かいことにはこだわらず、多少ずぼらなところがあった。日曜のミサで見かけることは一度もなく、復活祭やクリスマスにも教会には来なかった。おそらくミサに間に合う時間に起きられないのだろう。お腹がすいたときに食べたいものを食べ、二匹の犬と一匹の猫を溺愛していた。とりわけ猫は行儀が悪く、テーブルに飛び乗っては食べ残しをくすねていた。パトリツィアの家のキッチンで、二人で用意したおやつのことは忘れられない。虫歯になろうがおかまいなしで、波打つぐらいたっぷりのチョコクリームをパンに塗っていた。

「これが泳ぐときのエネルギー源なの。もう一枚食べなよ。大丈夫、あなたのお母さんには内緒にしといてあげるから」そうパトは言った。

一度だけ、パトリツィアの家に泊まってもいいというお許しをもらえたことがあった。彼女の両親は映画館へ行き、わたしたちはポテトチップスをかじりながら夜遅くまでテレビを見た。そのあとベッドにもぐり、ほとんど眠らずに夜通し喋りつづけた。肌掛けの上では猫がごろごろと喉を鳴らしていた。そんな気ままな生活に慣れていなかったわたしは、翌日、家に帰ってから、昼食のチキンの胸肉の上に突っ伏して寝てしまいそうになった。

「なにか悪いものでも食べさせられたんじゃないでしょうね」お母さんは訝《いぶか》った。

家を追い出されるのだと打ち明けたとき、パトリツィアはなにかの冗談だと思ったらしかった。じつはわたしには本当の家族がいて、引き取りたがっているなんて、最初はまったく理解してもらえなかった。親に言われたとおりを繰り返す自分の声を聞いているうちに、わたしまで混乱してきた。そこで、もう一度最初から説明を始めると、いきなりパトが全身を震わせて激しくしゃくりあげた。それを見たわたしは、心の底から恐ろしくなった。彼女の反応を見て初めて、自分の身になにか深刻な事態が起こりつつあることを理解したのだ。パトリツィアは決して泣くような子じゃなかった。

「怖がらなくて大丈夫。あなたのご両親が……つまり、こっちのご両親のほうだけど、そんなことを絶対に許すはずないもの。しかもお父さんは軍警察官《カラビニエーレ》なんだから、なにか解決策を見つけてくれるはずよ」しばらくして気をとりなおしたパトリツィアは、わたしを慰めようとした。

「お父さんは、実の両親が引き取りたいと言うのを拒むわけにはいかないって、そればっかり」

「お母さんはショックで寝込んでるんじゃない？」

「ちょっと前から具合が悪いの。もしかすると、わたしを手放さなければいけないとわかったからかもしれない。そうじゃなければ、なにか重い病気にかかって、それを知られたくないから、離れて暮らすことにしたのかな。実の家族だって言われたけど、いままで一度も会ったことがないのに、とつぜん引き取りたいなんて信じられないよ」

「でも、よく考えてみると、確かにあなたはご両親に似てないかも。いま一緒に暮らしているお父さんにもお母さんにも似てないような気がする」

その日の晩、わたしはいい考えを思いつき、翌朝、ビーチパラソルの下でパトリツィアに打ち明けた。そして二人で細部まで計画を完璧に練りあげた。自分たちの考えにすっかり夢中だった。昼食後、わたしは走ってパトリツィアの家に行った。寝室で横になっていたお母さんに、外出の許可を求めもせずに。どのみち、あのころのお母さんは、ほかに気掛かりがあるような疲れた声で、「どうぞ」と言うに決まっていた。

呼び鈴を鳴らすと、うつむきかげんのパトが身をもたせかけるようにしてドアを開けた。足に尾をからませてきた猫を爪先でぞんざいに追い払いながら。わたしは一瞬、なかに入るのをためらった。パトリツィアが手を引いてお母さんのところへ連れていってくれたのだけれど、そこで待ち受けていたのは、「ノー」という返事だった。わたしたち二人は、次の日、ビーチから一緒にパトリツィアの家へ帰り、ほとぼりが冷めるまで匿《かくま》ってもらおうという計画を練っていた。必要なら一か月でも二か月でも。わたしが行方をくらませば、親が四人もいるのだから、娘のためにきっとなにかいい解決策を探してくれるだろうと思ったのだ。家にも電話を入れるつもりだった。映画のように、一度、それも数秒間だけ。無事でいることを知らせて両親を安心させ、こちらの条件を伝えるために。

「わたしはあの人たちの家には行かない。うちに帰れないのなら、世界を放浪する」

パトのお母さんは、普段どおり愛情たっぷりにわたしを抱きしめてくれたが、それまでに感じたことのない戸惑いが伝わってきた。ソファーの上にあったものをざっとどかして、隣に座るようにわたしに言った。またしても猫は追い払われた。誰も猫どころではなかったのだ。

「本当にごめんなさい。あなたのことはとても大切に思っている。だけど、うちで匿うわけにはいかないのよ」

9

「町の暮らしは楽しくなかったのか？」藪《やぶ》から棒にヴィンチェンツォが尋ねた。

わたしたちはアパートの半地下にある物置にいた。底の抜けた籠や、湿気で波打った段ボール、破れ目からウールの詰め物が飛び出したマットレスなどが壁ぎわに雑然と積みあげられ、片隅には頭のもげた人形が転がっている。中央に残ったわずかばかりのスペースで、きょうだい総出で保存用のソースを作るためにトマトの皮をむいていた。わたしは誰よりものろかった。

「お嬢さまだから、トマトの皮なんて一度もむいたことがないんだよな」兄の一人に裏声でからかわれた。

弟は、皮やへたなど屑《くず》の入ったバケツに手を突っ込んだかと思うと、口に持っていく。母親はなにかを取りに行ったらしく、その場にはいなかった。

「だったら、なんでここに戻ってきたんだ？」ヴィンチェンツォが赤く染まった手で周囲を指しながら言った。

「わたしが決めたわけじゃない。お母さんに言われたの。わたしももう大きくなったし、本当の両親が帰ってきてほしがってるって」

アドリアーナはわたしの表情をうかがいながら、注意深く話を聴いていた。手もとのナイフを見なくても、器用に皮がむけるのだった。

「なに言ってやがる。そんなはずねえだろ。このうちじゃあ、おまえなんか誰も欲しがっちゃいないよ」いちばん残酷なセルジョが言った。それから外にむかって叫んだ。「おい、おふくろ、おふくろがこの間抜けを引き取りたがったってのは本当かい？」

嘲笑《あざわら》っていたセルジョは、ヴィンチェンツォに突き飛ばされて、座っていた木箱から転げ落ちた。その拍子に、半分までいっぱいになっていた大鍋に足がぶつかり、皮をむいたトマトがいくつか、打ちっ放しのセメントの上に転がって砂まみれになった。わたしはあまり深く考えず、拾いあげて屑入れのバケツに入れようとしたら、アドリアーナが一瞬早く、大人のように機敏な動きでわたしの手からそれを取りあげ、水道で汚れを洗い落として水を切り、鍋に戻した。そしてこちらにむきなおり、「わかった？　どんなものでも無駄にしちゃダメ」とでも言うように、無言でわたしの目をじっと見た。わたしはこくりと頷《うなず》き返した。

母親が、トマトソースを入れるためのきれいな瓶をいくつか抱えて戻ってきた。どの瓶にもバジルの葉が一枚ずつ入っている。

「いやだ、あんたひょっとして今日、あれの日？」出し抜けにそんなことを訊いてきた。

わたしは恥ずかしさのあまり、消え入りそうな声で返事をした。

「え？　そうなの？　そうじゃないの？」

わたしはもう一度、指で「違う」と繰り返した。

「よかった。もしそうなら、そっくり台無しになるところだったよ。あれのときには、やっちゃいけない仕事があるんだからね」

アパートの裏手にある斜面の手前の一角で火を熾《おこ》し、ソースの入った瓶を大鍋に入れて湯煎《ゆせん》しおえたところへ、ヴィンチェンツォが半分くらいまでトウモロコシの入った大袋を担いで戻ってきた。どこでもらってきたのかという質問にも答えず、しきりと背後をうかがっている。トウモロコシの皮をむいてヒゲをむしると、ぎっしり詰まった柔らかな粒々がなかから現われた。爪でつつくとミルクのような白い汁が飛び散る。わたしも、見よう見まねで皮をむいた。手の皮膚がまだ柔らかいので、葉の縁で指を切ってしまった。

むいたトウモロコシを、ヴィンチェンツォが熾火《おきび》で焼いてくれた。たこだらけの指の腹でときおりさっと触りながら、素手で回している。

「少し焦がしたほうが旨いんだ」口の端に笑みを浮かべて、そう教えてくれた。

最初に焼きあがった一本は、自分のだと決め込んでいたセルジョの目の前を素通りして、わたしのところに来た。さっそくかぶりついたら、熱くてやけどしそうになった。

「いい気味だ」自分の番を待ちきれないセルジョが、吐き捨てるように言った。

「茹《ゆ》でたトウモロコシなら食べたことがあるけど、焼いて食べるともっとおいしいんだね」わたしは言った。

わたしの感想なんて誰も聞いていなかった。わたしは口をつぐみ、アドリアーナを手伝って、トマトソースを作るために使った容器をぜんぶ洗い、物置に片づけた。

「セルジョのことなんて気にしないほうがいいよ。あいつ、誰にでも意地悪なんだから」

「もしかするとセルジョの言うことが正しいのかも。きっと、このうちのお父さんとお母さんがわたしを返してほしいって言ったわけじゃないんだね。そうよ。お母さんが病気になったから、わたしはここに連れてこられたの。治ったら迎えにきてくれるに決まってる」

10

大好きなお母さんへ。または、大好きな叔母さんへ。

なんて呼べばいいのかわかりませんが、わたしはあなたのところに帰りたいです。この村の居心地はよくありません。あなたの従姉《いとこ》がわたしを待ちわびていたなんて嘘で、わたしはまるで災難のように迎えられました。食べさせなければならない口がひとつ増えただけでなく、わたしは家族みんなの厄介者です。

女の子にとって大切なのは身のまわりを清潔に保つことだといつも教えられていたのに、この家では身体を洗うことも難しいです。小さなベッドに二人一緒に寝かされて、マットレスはおねしょ臭いです。おまけに十五歳と、それよりさらに年上のお兄さんたちもおなじ部屋で寝ています。ありえないことだと思いませんか？　ここにいたら、わたしの身になにが起こるかわかりません。日曜ごとにミサに通い、教会で教理問答を教えているあなたが、わたしをこんな状況に放置できるはずがありません。

具合が悪くなってからも、なんの病気なのか話してくれなかったけれど、わたしはもうじゅうぶん大きいのだから、そばにいて、いろいろと看病できます。

いままで幼かったわたしを引き取って育ててくれていたんですね。子だくさんの貧しい家庭に生まれたわたしのために。この家の状況はいまも変わっていません。わたしのことを大切に思うのなら、お願いだから叔父さんを迎えにこさせてください。迎えにきてくれないのなら、近いうちに窓から飛びおります。

追伸
家から連れ出された日の朝、さよならも言わずに来てしまってごめんなさい。五千リラをハンカチに包んでくれてありがとう。まだ小銭が残っているから、それで封筒と切手を買うつもりです。

罫線のついたノートを一枚破って手紙を書いたのはいいが、自分の名前を書き忘れた。煙草屋さんの店先の横にある赤いポストに封筒を投函《とうかん》したあとで、残った金額を数えてみたら、ちょうどアイスバーが二つ買えるだけあった。わたしはミント味、アドリアーナはレモン味。

「誰に手紙を送ったの?」凍ったアイスの表面から剝がした包み紙を隅々まで舐《な》めながら、アドリアーナが尋ねた。

「町に住んでるお母さんに」

「その人はお母さんなんかじゃない」

「じゃあ、叔母さん」わたしはむっとして言い直した。

「そうじゃなくて、うちの父ちゃんの従妹の又従妹《またいとこ》だよ。本当言うと、従弟なのは旦那さんのほう。こないだ姉ちゃんを送ってきた人。軍警察官《カラビニエーレ》の。お金を出してるのは奥さんで、姉ちゃ

ん の面倒をみてるのも奥さんだけど」

「どうしてそんなことまで知ってるの？」話しているうちに、どろりとした緑の液体が棒を伝って指に垂れた。

「昨日の夜、母ちゃんたちが寝室で話してるのを聞いたんよ。うち、セルジョにぶたれそうになって、洋服だんすのなかに隠れてたん。奥さんのアダルジーザは、姉ちゃんを高校にも行かせたいみたい。大変やねえ」

「ほかにどんなこと言ってた？」わたしは棒をひっくり返して、溶けたアイスが先端に垂れるようにした。

妹は見かねて首を横に振り、わたしの手からアイスを奪いとった。そしてぐるりと全体を舐めてから返し、早く食べなと身振りでうながした。

「また厄介なことになったって、何回も繰り返しとった」

わたしはあまり気が進まなかったけれども、残り全部を口に含み、しばらくちゅうちゅう吸っていた。すると、色の脱けた氷のお化けみたいになった。

「貸してみ」じれったくてたまらないアドリアーナは、口をすぼめて木の棒のまわりをかじりながら、残りを食べてしまった。

わたしは郵便配達の人に、手紙が町に届くまでに何日かかるか尋ね、それを倍にして、返事を書くのに必要な一日を足した。その日数が過ぎると、近所の子どもたちが広場で追いかけっこや石蹴りをして遊んでいるなか、毎朝十一時から石垣に座って返事を待つようになった。九月の陽射しを浴びながら両足をぶらぶらさせて、切手を貼った封筒の代わりに、ずっと父親だと信じていた軍警察官《カラビニエーレ》の叔父さんがすぐにでも迎えにくるところを想像した。細長いグレーの車でわたしを連れて帰ってくれるのだ。そうしたらすべてを赦すつもりだった。実の親の許にわたしを連れ戻すという理不尽な決定に反対しなかったことも、アスファルトの上に置き去りにしたことも。

もしかすると二人そろって迎えにきてくれるかもしれない。お母さんは病気がすっかりよくなり、いつも一緒に髪を切ってもらっていた行きつけの美容院で逆毛を立ててもらって――わたしはしばらく行っていないから、前髪が伸びて目が隠れてしまった――、春と秋によく使っていた、ふんわりとしたスカーフを首に巻いて。

「なにを待ってるんだね？　ラブレターかい？」郵便配達の人が、革鞄《かわかばん》のなかを探すふりをしてわたしをがっかりさせた挙げ句、そう言ってからかった。

ある日の昼下がり、青く澄みわたった空の下に一台のバンが停車した。運転席から男の人が降りてきて、荷物の名宛人は何階に住んでいるのかと尋ねた。母親の名前が書かれていた。運転手が荷台から複数の梱包《こんぽう》された品を降ろしはじめると、空き地で遊んでいた子どもたちが我も我もと集まってきて、階段から運びあげるのを手伝いはじめた。中身が知りたくてうずうずしているわたしたちを、配達人はわざとじらしておもしろがっているようだった。

「危ないぞ。ほら、角に気をつけて。組み立てるのを見てれば、なにかわかるさ」そう言って、堪《こら》えきれずに尋ねてくる子たちをなだめていた。

「女の子たちが寝ている部屋はどこかな」まるで暗記したマニュアルに従っているかのようだった。

わたしとアドリアーナは信じられないというように互いに顔を見合わせながら、寝室のドアを開けた。いくつもの目に見守られるなか、数分のうちに二段ベッドが組みあがった。梯子《はしご》も新しいマットレスもついている。男の人は二段ベッドの片側を壁にくっつけると、空いているほうの側に、三枚の板でできた衝立《ついたて》を置いて目隠しにした。衝立はばらして使うこともできるらしい。その後、また別の荷物を取りに車まで下りていった。わたしの手紙への返事にはまだ続きがあるようだ。

「こんなにたくさんの物を注文したの誰？　誰がお金を払うん？」ふと夢から覚めたように、アドリアーナが心配しはじめた。「それでなくても父ちゃんは借金を抱えてるのに。母ちゃんはどこ？」

母親は昼食のあと、なにも言わずに弟を連れて出ていった。きっとどこかで近所の人とお喋りでもしているのだろう。

「親からはお金を預かってないけど……」またもや近所の腕白たちを従えて段ボール箱を運んできた男の人に、妹は弁解を始めた。箱のなかには、きれいな色のシーツが二枚と、ウールの詰め物が入ったキルティングの肌掛け一枚、そして薄手の肌掛けが一枚入っていた。どれも二段ベッドの片方の分の寝具らしい。石鹸や、わたしのお気に入りのシャンプー、それにシラミ退治用のシャンプーまであった。あの家に住む以上、確かに必需品かもしれない。お母さんが使っている香水のサンプルも入っていた。毎朝、学校へ行く前に、わたしが隠れて何滴かつけていたのをお見通しだったんだ。

「どれも代金はもういただいているよ。受け取りのサインだけお願いしたいんだけど、大人は誰もいないの？」

結局、アドリアーナが父親の覚束《おぼつか》ない筆跡を真似てサインした。部屋に二人きりになると、最初の夜は上、次の夜は下、そしてまた上と、代わり番こに寝ようと妹が提案してきた。さっさと靴を脱ぎ、梯子をせわしなく上り下りしながら寝心地を確かめている。それから、古くなって形の崩れたパイプベッドと、悪臭の漂うマットレスを廊下に運び出した。

「新しいベッドを濡らしちゃったらどうしよう」

「防水シートも買ってくれたから、それを使えば大丈夫だよ」

「誰が買ってくれたん？」

ちょうどそこへ母親が戻ってきた。眠っている赤ん坊の頭が、肩でこくりこくりと揺れている。母親はアドリアーナにブラウスを引っ張られて、すぐさま新しいベッドを見せに連れていかれたが、驚いたふうではなかった。むしろ有頂天になっている娘が癪《しゃく》に障るらしく、見下すような目つきでベッドやそのほか届いた物を眺め、それからわたしをにらみつけた。

「お上品なあんたの叔母さんが送ってよこしたのさ。あんた、この家のこと、なんて告げ口したんだい？　昨日、公衆電話で話したよ。アダルジーザから、エルネストの居酒屋に呼び出し電話があってね」

その晩から、衝立で目隠しをした真新しいマットレスに寝るという特別扱いによって、わたしとアドリアーナに対する風当たりがますます強くなった。兄たちは、「邪魔もの」（衝立のことをそう呼んでいた）の陰に隠れていて、いきなり飛び出してきては、わたしたちを驚かせた。弾みで何度も衝立を倒したものだから、一週間もしないうちに、木枠に張られた布地が何か所も破けてしまった。兄たちはその穴から頭を出しては、奇声をあげた。わたしと妹は、ようやく手にした自分たちだけの小さな城が壊されるのをただ眺めているしかなかった。いくら抗議をしても聞いてもらえなかったし、両親もやめるように注意してはくれなかった。一人娘として育てられた歳月は身を護るためには役に立たず、無力なわたしは、じっと嫌がらせに耐えるしかなかった。怒りを胸の内に溜めながら。セルジョが目の前を通りすぎるときなど、心の内で唱えていた呪いの文句に打たれて倒れるのではないかと思うほどに。

それでも、ヴィンチェンツォは嫌がらせに加わらなかっただけでなく、騒々しい弟たちに腹を立てて、いいかげんにしろと怒鳴ることもあった。ほどなく使い物にならなくなった衝立を半地下の物置に片づけると、ヴィンチェンツォは夜寝る前と朝起きてから、こちらを見つめるようになった。まるで、しばらくわたしの身体を見られなくて寂しかったとでもいうように。

殺伐としたその夏、いつまでも続く暑さのため、みんな薄着で寝ていた。

あれほど有頂天になったベッドだったのに、アドリアーナは上の段でも下の段でも寝つけなくて、しょっちゅう場所を入れ替わりたがった。その日によって時間こそ異なるものの、上で寝ていようが下で寝ていようが、結局はわたしの隣に来て丸くなるのだ。けれども防水シートは一枚しかなかったから、いつしか新しいマットレスはどちらも、アドリアーナのおねしょを吸ってぐしょぐしょになってしまった。

11

そんなある晩のこと、ベッドの上の段で、海辺に住むお母さんが死ぬ夢を見た。一見したところ病気のようには見えず、いつもより少し灰色がかっていただけだった。いつからか顎にある毛の生えたほくろが毛虫のお化けのようにひろがり、しだいに色褪せていく。数分もしないうちに青ざめて、周囲の黒ずんだ白と見分けがつかなくなった。やがて吸気によって胸がふくらむこともなくなり、瞳も一点を見据えたまま動かなくなった。

もう一人の母親に連れられて、わたしは葬儀に参列した。かわいそうなアダルジーザ、かわいそうなアダルジーザと、母親は手をすり合わせながらつぶやいていたが、結局追い返されてしまった。フィランカのストッキングを穿いていたものの、あちこち伝線していて、そんなみっともない恰好《かっこう》では葬儀に参列できなかったからだ。故人の一人娘として、わたしは最前列に独りでいた。後ろには誰かもわからない喪服姿の人たちがならんでいた。墓掘り人たちが掘ったばかりの穴にゆっくりと柩《ひつぎ》を下ろしていくと、ロープと柩の角が重みで擦れて、軋んだ音を立てた。たぶん穴の縁に近づきすぎたのだろう、足もとの草地が崩れて、わたしは木箱のなかに閉じ込められている母親の上にどすんと落ちた。そして、そのまま身動きできずに呆然《ぼうぜん》としていた。わたしの姿は誰にも見えていないらしかった。司祭が単調な祈りを捧げはじめ、わたしの身体の上にも聖水を撒《ま》く。続いてスコップの音がして、脇にどけてあった土を戻しはじめる。いくら叫んでも声が届かない。その瞬間、誰かに腕をぎゅっとつかまれた。「いつまでも狂ったように叫んでると、窓から放り落とすぞ」真っ暗な部屋で、セルジョがわたしの身体を揺すりながら脅していた。

わたしはそのまま寝つけなくなり、冷たく輝く月が壁のむこうに隠れるまで目で追っていた。毎晩、ひどく寝苦しい時間を過ごした挙げ句、悪夢を見た。うとうとするたびに、恐ろしい災難が差し迫っているという確信とともにはっと目が覚めるのだが、どんな災難なのかはわからない。そんな記憶の空隙《くうげき》をさまよっているうちに、母の病のことがふと頭に浮かび、暗闇のなかで巨大化し、深刻度を増していくのだ。それでも昼間はどうにか不安をコントロールできた。いつか母の病気が治り、わたしも家に戻れる日が来ると思えた。ところが夜になると病気が悪化し、あの人が夢のなかで死ぬのだった。

その晩は、めずらしくわたしのほうからアドリアーナの寝ている下の段に移動した。妹は目を覚まさずに、いつもどおり互い違いになって眠れるように足を動かした。けれどもわたしは、枕の上の、アドリアーナの頭の隣に自分の頭をのせたかった。自分自身を慰めるために妹を抱きしめたかったのだ。ひどく小さくて骨ばった妹は、脂っぽい髪のにおいがした。

その瞬間、まったく対照的な、シーツの上に赤い花のようにこぼれるリディアの巻き毛が記憶のなかから呼び覚まされた。リディアは軍警察官《カラビニエーレ》の父の妹だったが、あまりに若かったので、とても「叔母さん」とは呼べなかった。彼女とは数年間、両親の家で一緒に暮らした。昔の家の記憶をたどると、いつもリディアの姿がある。彼女は廊下の突き当たりの、波打ち際が見える細長い部屋を使っていた。わたしは学校から帰ると急いで宿題を終わらせて、リディアとラジオで歌謡曲を聴くのを楽しみにしていた。リディアは別れた誰かのことを想って心を痛めていたらしく、喘息《ぜんそく》持ちの胸に握り拳をあてて、悲しげに恋の歌を口ずさんでいた。村に住む両親は、娘に潮風を吸わせたくて兄夫婦の許へ預けたのだった。

家でわたしと二人きりになると、リディアは洋服だんすに隠してあったミニスカートにコルク底のサンダルを履き、ボリュームを最大にしてレコードをかけた。食堂で、目をつぶって全身を揺すりながらシェイクダンスを踊るのだ。どこで覚えたのかはわからない。日が暮れてからの外出は禁じられていたのに、リディアはときおり言いつけを破り、窓から飛びおりて出掛けていた。わたしは毎晩、寝るときにはリディアにそばにいてほしかった。うとうとしかけると、決まって背中の手の届かないところがむず痒《がゆ》くなるからだ。リディアはわたしの背中を搔《か》いてくれ、しばらくそのままベッドの縁に座っていた。痩せっぽちのわたしの脊椎の骨の数を数え、ひとつひとつにつきお話をひとつ作ってくれた。とりわけ出っ張っている骨には名前をつけて、骨を順番に触りながら、おばあさんの声色を真似て喋るのだった。

「雇ってくれるって」ある日、帰宅するなりリディアが言った。

それはリディアとの別れの始まりだった。わたしが生家に戻される何年か前のことだ。その日の朝のうち、一緒にデパートまで買い物へ行き、わたしが魚とヒトデの柄のついたTシャツを試着しているあいだ、リディアは店長と話をさせてほしいと頼んだのだった。店長は間もなく来るという返事だったので、わたしたちは待つことにした。ようやく殺風景なオフィスに通されると、リディアはハンドバッグから会社秘書の資格証を取り出し、どんな仕事でもするから働かせてくださいと頼んだ。机の前に座った彼女の隣で突っ立っていたわたしの腕をときおり撫でながら話していた。

すぐに、試用期間としてしばらく働いてみないかと連絡があった。

ある晩、リディアは感激のあまり震える両手で制服を抱えて帰ってきた。翌日からそれを着て仕事に行くことになったのだ。リディアはリビングで試着し、何度も行きつ戻りつしてみせた。白とブルーの制服で、襟と袖口は糊《のり》が利いている。これでリディアも、お兄さんとおなじく制服で仕事をすることになったわけだ。スカートがふわっとひろがるのが自慢で、何度も爪先立ちでくるくる回ってみせた。リディアが回転するのをやめて、周囲の世界も回らなくなったとき、わたしはもう、その場にはいなかった。

販売員から始めたリディアは、ほどなく会計を任され、一年後には売り場責任者となり、それにつれて帰宅が遅くなっていった。そのうちに数百キロ離れた本店に異動となり、越していった。たまに手紙や葉書が届いたが、わたしはなんと返事をすればいいのかわからなかった。

学校は問題なかったし、パトリツィアとも相変わらず仲よくやっている。スイミング教室は、水中ででんぐり返しができるようになったものの、やっぱり寒くてたまらなかった。最初のうちは町の観光名所の絵葉書が送られてきたのだけれども、そのうちに使い果たしたようだった。

そのころ、ノートに描いた太陽を気分に合わせて黒く塗ったら、誰か亡くなった人でもいるのかと、学校の先生から電話がかかってきた。わたしの通知表は全科目満点のオール十だった。

リディアがいなくなって持て余した時間を、出された宿題をひとつひとつ丁寧にこなすことで埋めていたからだ。

八月の休暇にリディアが帰ってきた。わたしは相変わらずリディアといることが嬉しくてたまらない自分が怖かった。いつものビーチへ二人で一緒に出掛けた。リディアは社員割引で買った日焼け止めクリームを塗っていたのに、肌に水ぶくれができた。挨拶をしてくる顔見知りの海水浴客に対して、町を出た人たちに特有のエセ北部弁で喋っていた。それを聞くとわたしは自分のことのように恥ずかしくて、リディアに対する思慕の念を押し殺すのだった。

以来、わたしが生家に戻されるまでのあいだ、リディアとは一度しか会わなかった。ある日、玄関の呼び鈴が鳴ったので開けてみると、染めた髪にアイロンをかけた見知らぬ女の人が立っていた。足もとには、わたしではない女の子がまとわりついていた。

暗闇でアドリアーナと一緒に寝ながら、わたしはリディアが救い出してくれることを夢想した。ひょっとすると北部の彼女の家にしばらくおいてくれるかもしれない。けれど、そのころにはリディアはすでに別の町に越していて、どうすれば連絡をとれるのかわからなかったし、それ以外の救済を思いつくには、まだ早すぎた。

12

下の兄二人は電気を消してベッドで寝ていた。わたしが寝室に入った瞬間、セルジョが三番目の兄に静かにしろと言うのが聞こえた。それでもなお、枕の上で押し殺した笑いが洩れていた。長兄のヴィンチェンツォは昼過ぎに出掛けたきり帰っていなかったし、アドリアーナはまだむこうの部屋で末っ子を寝かしつけていた。わたしは真っ暗な部屋で服を脱ぎ、張りつめた静けさのなかでベッドに入った。すると、片足がなにか生きているものに触れた。温かくて毛深い塊がばたばたと動いている。自分の悲鳴と、足首を何度もつつかれる感触、そして二人の兄が嘲笑う声が同時にした。わたしは無我夢中でスイッチにたどり着き、電気を点けると、振り返ってベッドの上を見た。鳩《はと》が片足をひきずりながら、これで飛べるはずだとばかりに片方の翼を精一杯ひろげ、おなじ場所をぐるぐると回っている。もう片方の翼は付け根のところから折れていた。新しいシーツに糞《ふん》がこびりついている。鳩はマットレスの縁まで行くと、そのまま床に落ちて胸を打った。

兄たちはベッドに座って下品な笑い声をあげた。両手で腿を力いっぱい叩きながら、涙までこぼしている。落ちた鳩は、床の上でなおも身体を浮かせようともがいていた。やがてセルジョはその光景も見飽きたらしく、折れていないほうの翼をつかんで鳩をつまみあげると、窓から放り投げた。それを見てわたしは、もう一方の翼を折ったのはセルジョにちがいないと確信した。

　わたしは、怪物としか言いようのない兄の耳もとで叫び声をあげながら、五本の爪をむきだしにして思いきり顔を引っ搔いた。皮膚に深い溝が刻まれ、みるみるうちに血がにじみだす。セルジョは身を護ろうともせず、反撃するでもなく、声のトーンを不自然につりあげてまた笑うだけだった。しょせんわたしには、彼をやり込めることなどできないと思い知らせたかったのだろう。もう一人の兄は、鳩の鳴き声を真似ながら、山猿のようにベッドの上で跳ねていた。

　騒ぎを聞きつけた父親が様子を見に来た。なにがあったのか尋ねもせず、二人の兄に適当な数ずつびんたを食らわせ、黙らせた。子どもたちが成長し、母親の力では到底敵《かな》わなくなってからというもの、三人の兄たちをこらしめるのは父親という暗黙の了解があったらしい。母親はもっぱらアドリアーナの担当で、ほぼ毎日のようにひっぱたいていた。

「ちょっとからかっただけだ」セルジョは言い逃れをした。「こいつ、なんでもないのに夜中に悲鳴をあげて、みんなを起こすんだ。だから本当に怖い思いをさせてやったのさ」


　翌日わたしは、乾いたシーツを畳む母親の手伝いをしていた。

「クサムシに気をつけるんだよ。どうしてか干した洗濯物に潜り込むのが好きなんだ」緑色の大きなカメムシをはらいのけながら母親が言った。そして、当たり前のようにカメムシから息子へと話題を移した。「まったく、二番目の子はちっちゃい時分から性根が曲がってて困るよ。いちばん上はたまに家出するくらいで、そこまで乱暴じゃないんだけど」

「みんな、わたしをこのうちにおいておきたくないから嫌がらせをするんでしょ。どうして前の家に帰らせてくれないの？」

「まあ、そのうちセルジョも慣れるさ。けど、あんたも夜中眠っているときに叫ぶのはおやめ。あの子の神経を逆撫でするだけだ」

母親は山のような洗濯物を前にしたまま、しばらく手を止めて、めずらしくわたしの目をじっと見た。なにか思考をたぐりよせているらしい。

「昔、結婚式で会ったことがあるんだけど、憶えてるかい？　たしか、あんたが六歳か七歳のときだったよ」

記憶が鞭《むち》で打たれたようにこじ開けられた。

「うっすら憶えてる気がする……。あのときはお洒落な服を着てたけど、ここではいつも普段着姿だから、よくわからない」とはいえ、思い出したことは事実だった。

「なにかあるたびにあの一張羅のスーツでね、もう何年も着てるんだ。一時期は太っちまって、ウエストがはち切れるんじゃないかと冷や冷やしたもんだよ」母親はそう言って笑うと、語りだした。「あれは確か六月の日曜のことだった。新郎新婦がいつまでも写真撮影をしてるもんだから、みんなすっかりお腹をすかしてて、ようやくレストランの席につきはじめたときには、もう三時をまわってたよ。ふと振りむくと、あんたの姿が目に飛び込んできたんだ。驚くほど成長して、きれいになってたもんだから、すぐには誰だかわからなかったくらいだ」

「どうしてわたしだってわかったの？」

「なにか直感めいたものがあったし、それにアダルジーザと一緒にいたからね。あの人は親戚とお喋りをしてて、あたしには気づいてなかった。それであんたの名前を呼んだら、おつむをあげて、口をぽかんとあけてこっちを見た。きっとあたしが涙をこぼしてたからだろうね」

いまのわたしなら、会ったときの様子を根掘り葉掘り尋ねるだろう。けれども、そのときは頭が混乱しすぎていた。母親は洗濯物を椅子の上に置き、一方的に喋りつづけた。

「アダルジーザが気づいて、慌ててあいだに割り込んできたんだ。それでも、あんたはあの人の後ろから好奇心いっぱいの顔をのぞかせて、こっちをじっと見てたよ」

そのときわたしは、トレードマークのようなひと塊の若白髪が母親の額にかかっているのを横目で見ていた。わたしが母親の許に戻されたとき、その若白髪は年齢にしては早いシルバーグレーの髪のあいだで目立たなくなりつつあり、やがて髪全体が白くなって完全にわからなくなった。

結婚式で会ったとき、わたしはまだなにも知らなかった。わたしの二人の父親は再従兄弟《はとこ》どうしであり、おなじ名字だった。二組の夫婦は、わたしが乳離れをするのを待って、具体的な取り決めもせずに、口約束だけで里子にしたのだ。そのいいかげんなやり方のせいで、将来わたしがどれほど傷つくか考えもせずに。

「あんたがまだ小さかったからあまり話せなかったけど、それでもあの人にはっきりと言ってやったよ」

「どういうこと?」

「あんたを引き取るとき、あの人は約束したんだ。ちょくちょくうちに連れてきて、一緒に協力して育てようってね。なのに、一歳の誕生日のときに一度会ったきりだよ。そのときだって、こっちから町まで会いに行ったのさ」母親はしばらく声を詰まらせていた。「引っ越したときも、うちにはなにも知らせてよこさなかった」

わたしは神経を張りつめて話を聞いていたが、彼女の言うことを鵜《う》呑《の》みにしたくはなかった。わたしが生家に戻された日、アドリアーナだって母親のことはあまり信用できないと言ってたじゃないか。

「するとあの人は、病気の義理の妹をあずかっていて、一人にしておけないからと言い訳したんだけど、ちょうどそこへ、元気いっぱいのリディアが姿を現わしたってわけさ」

「リディアは喘息持ちだったから、ときどき救急外来に連れていかないといけなかったの」わたしはつっけんどんに反論した。

すると母親はわたしの顔をまじまじと見つめ、それ以上なにも言わなかった。わたしがどちらの側なのか理解したからだろう。椅子においてあった洗濯物の山を抱えて、自分の寝室へ引っ込んだ。

13

村での暮らしを書き送った手紙のあと、わたしの知らないところで新たな取り決めが結ばれたらしかった。土曜日ごとに、どのようにしてかはわからないが海に住むお母さんから届けられる少額のお小遣いを、村の母親がわたしに手渡してくれるようになった。村の母親がくすねるせいで、いくらか目減りしていることもあったものの、受け取った小銭を両手で握りしめると、離れて暮らすお母さんは無事で、きっと病気も回復しつつあるにちがいないという安堵《あんど》感を覚えた。そして、いまもお母さんは変わらずわたしのことを思ってくれているのだと確信できた。小銭と一緒に、ついさっきまで実際に触っていたかのように、百リラ硬貨に残されたお母さんの掌の温もりまで受け取っているような気持ちになれたのだ。

わたしとアドリアーナは目配せをすると、連れ立ってエルネストの居酒屋へ行った。アイスの入っている冷凍庫を開けて、ひんやりとした白い蒸気のなか、好きなのを選ぶ。アーモンドクランチのついたアイスバーを二つ。わたしはチョコ味で、妹はチェリー味だ。ブリスコラ（カードゲームの一種）に興じる老人たちに交じって二人で店先のテーブルに座り、それを食べた。残りのお金は、幼い弟のジュゼッペがしょっちゅう失《な》くすおしゃぶりをときどき買う程度で、ほぼ全額を貯めておいた。

何週間かすると、バスの切符とパニーノが買えるほどの金額になった。秘密の計画を打ち明けたところ、アドリアーナは怖気《おじけ》づいた。そこでヴィンチェンツォに一緒に来てほしいと頼んでみた。夕飯を食べに家へあがる前に、空き地の突き当たりで一服していた兄は、なにか考えごとをしているときにいつもするように、瞼を閉じて煙を吐いた。

「わかった。でも、行く先がうちの連中にバレないようにしろ」意外にも、すんなり引き受けてくれた。「俺と一緒に畑仕事へ行くと嘘をつくんだ。まあ、どうせ気にも留めないだろうけど」暗い眼差しを三階にむけて、そう言い添えた。

翌日の明け方、わたしたち三人は町へむかうバスに乗り込んだ。アドリアーナは一度も町を見たことがなく、ヴィンチェンツォも、ロマの友達が移動式遊園地を設営する郊外の地区を訪れたことがある程度だった。バス停は、わたしが毎年夏を過ごしてきた海水浴場から歩いてすぐのところにあった。日焼け止めクリームの香りが漂うパラソルの下で、お母さんと一緒に、ロープの囲いのむこうの、一般に開放されたビーチに群れをなして押し寄せる海水浴客たちを眺めたものだった。夏も終わりに近いいまごろは、お母さんがおやつに持ってきた葡萄《ぶどう》を房からひと粒ずつつまんで味わっているはずだった。

早い時間だったので、まだ砂浜に海水浴客の姿はなく、見知らぬ若い女の子が、歩道からカフェの入り口まで続くコンクリートの遊歩道を掃いていた。海水浴場の監視員が、黄色と緑のストライプのビーチパラソルを次々にひらいていく。カチャッという金属音が連続して聞こえた。それなのに、いちばん前の列にあるわたしのビーチパラソルは閉じたままだった。誰も使う人がいないのを知っているかのように。

「やあ、久しぶりだなあ。どこに行ってたんだい？」近くを通りかかったわたしを見つけて、監視員が声を掛けてきた。「突然いなくなるんだから。きみのお母さんもずいぶん見掛けてないよ。どこかヴァカンスにでも行ってたのかい？　ちょっと待ってろ。すぐにひらいてやる。七番パラソルだったな」

しばらく使っていなかったせいで、ビーチチェアが軋んだ音を立てた。色褪せたランニングシャツ姿の監視員は、数メートル離れてわたしの後をついてくる二人のほうを見た。常連の海水浴客とは明らかに様子が異なっていた。

「従兄妹なの。山のほうに住んでるんだ」わたしは小声で言った。

目新しい光景に夢中の二人には、どのみち聞こえなかっただろうけれど。二人は海岸に腰をおろした。ヴィンチェンツォですら少し気後れしているらしかった。気怠《けだる》そうな小さな波が、泡も音も立てずに波打ち際を濡らしている。太陽はまだ水平線上の低い位置にあり、消波ブロックの上でカモメたちが羽を休めていた。

「海水があふれだしたら、みんな死んじゃうの？」怯えた表情でアドリアーナが尋ねた。すくった砂が指のあいだからこぼれるのを、夢見心地で見つめている。三人して服を脱いだ。アドリアーナはわたしには小さくなった水着を着て、ヴィンチェンツォはブリーフ姿だった。脱いだ服をパラソルの骨に掛けた。骨の一本には、失くしたとばかり思っていたヘアバンドが結わえてあった。こんなところにあったのか。わたしは嚙んだせいで短くなった爪で苦労して結び目をほどくと、それをバッグにしまった。何年も愛用していたヘアバンドだった。幼い時分にはお母さんが髪を梳《と》かしてくれて、優しく顔を撫でながら、そのヘアバンドで留めてくれたものだ。毎朝ベッドの縁に腰をおろし、その前にわたしが立って。ブラシが頭皮をこするときに立てる音と、スチールの歯の軽やかな振動が心地よかった。

妹は海に引きずり込まれるのが怖くて、足を濡らすのも嫌がった。乾いた砂の上に座り、膝に顎をのせ、見渡す限りの青のなかに視線をうずめている。わたしは海面をなるべく乱さないようにそっと水のなかに身を沈め、息の続くかぎり潜った。それから頭だけ出して、朝型の人たちでしだいににぎわってきた砂浜を眺めていた。アドリアーナは両手で膝を抱え、身体を縮めて、わたしが海から戻るのを待っていた。砂浜を猛烈な勢いで駆けていき、水飛沫《しぶき》を八方に散らしながら海に飛び込むヴィンチェンツォ。泳ぎは友達と川で覚えたらしかった。両腕でがむしゃらに水を掻き、水面に線を描きながらわたしのほうへ近づいてくる。すぐ近くまで来て、ふと姿が見えなくなったかと思うと、わたしの股のあいだに首を入れ、いきなり立ちあがった。そうしてわたしを肩車したまま、あたりに唾を吐きながら泳いでいた。寒さなんてちっとも感じなかった。

「こんなとこに連れてくるなんて、おまえ、なかなかやるな。めちゃくちゃ楽しい」と、ヴィンチェンツォは言った。

次の瞬間、いきなり離れていったかと思うと、立ち泳ぎをしながら水中ででんぐり返しをしてみせた。続いて、何度かわたしの腰をつかんで持ちあげては、まるで玩具《おもちゃ》のように放り投げる。笑った歯茎に潮がついて白くなっていた。わたしの足先が偶然、彼のペニスに触れた。大きく盛りあがっていた。耳を両手でふさがれ、唇にキスをされた。そのうちにわたしの口のなかまで舌を入れてきて、欲望のおもむくまま、わたしの舌のまわりを舐めまわした。自分たちの関係を忘れてしまったらしい。

わたしはゆっくりと泳いで彼から離れたけれども、不快に感じたわけではなかった。岸に泳ぎ着いたときに初めて、心臓が高鳴っていることに気づいた。アドリアーナはさっきとおなじ場所でしゃがんでいた。それほど長い時間は経っていないはずなのに、世界が変わったように思えた。わたしはアドリアーナの隣の砂浜に寝そべると、乱れた胸の内に新たな凪《なぎ》が訪れるまで待った。

「お腹すいた」アドリアーナの恨めしそうな声がした。

バッグにパニーノが入っていたが、妹を少しでも幸せな気分にさせてやりたい一心でカフェへ連れていき、残った小銭で切り売りのピッツァとコカ・コーラを注文した。わたしたちがビーチパラソルに戻ると、さすがのヴィンチェンツォも泳ぎ疲れて海からあがってきた。その姿は、一日だけ海におりた野性的で荒くれた神を思わせた。果てしなくひろがる紺碧《こんぺき》の海を懐妊させてきたかのように、憔悴《しょうすい》しきった足取りだった。なかには振り返って彼を見る者もいた。ぴっちりとしたブリーフが身体の線を強調し、おまけに少し下がり気味だったので、毛の一部がのぞいていた。とはいえ、夏も終わりに近い静かなビーチには、八月のような汗だくの海水浴客の混雑はなかった。幼いころから育んでくれたビーチで、いまとなっては余所者《よそもの》のわたしは、顔見知りの監視員たちの視線を極力避けるようにしていた。ヴィンチェンツォとも、その後は互いに避けていた。わたしは黙ってパニーノを目につく場所に置くと、アドリアーナをブランコに乗せるという口実で、その場から離れた。

砂浜を横切って通りに出ると、そこは家のすぐ前だった。フェンスに沿って歩くだけで、庭が荒れ放題なのが見てとれた。椅子は風で倒れたままだし、よく食器をならべて屋外で食事をしていたテーブルには、落ちはじめた木の葉が何枚か散っていた。お母さんが丹精込めて育てていたバラの棘《とげ》に、ぼろ布がひっかかっていた。あの人は、五月になるといつもバラの蕾《つぼみ》を胸に挿して出掛けていたっけ。なのに草はぼうぼうだし、花は枯れて干からびている。わたしは鉛のような足取りで門までたどり着いた。ポストに郵便物が溜まっている気配はない。きっと誰かがときどき取りに来ているのだろう。わたしの手紙だって届いていたのだから。通路は南西の海風に乗って運ばれる砂に埋もれ、鎧戸は旅行で留守にするときのようにぴたりと閉ざされている。軒下に置かれたわたしの自転車は、タイヤがパンクしていた。鳴らした呼び鈴が誰もいない部屋に響きわたった。しばらく虚《むな》しく待ったあと、また長々と繰り返し押した。しまいにはボタンに額を押し当てて、暑くて耐えられなくなるまでずっとそうしていた。その後、危うく車に轢《ひ》かれそうになりながら駆け足で砂浜に戻り、そのまま更衣室の陰にしゃがみ込んだ。

夢で見たとおり、お母さんは本当に死んだんだ。チューリップが枯れるのと一緒に。そうでなければ家をほったらかしにするわけがない。けれども、二段ベッドやそのほかいろいろな物を村に送ってくれたのは確かにあの人で、もう一人の母親は電話で話したと言っていた。だったらなぜ、わたしとは話してくれないのだろう。どこにいるの？　ひょっとすると遠くの病院にいて、病にやつれた声でわたしにショックを与えたくなかったのかもしれない。お父さんが別の町に異動になったのだとしたら？　以前、転勤するかもしれないと言っていた。でも、たとえどこに転勤するにしても、わたしを連れていくはずだ。リディアは知っているのだろうか。知っているのに連絡もくれない？　いや、お父さんたちとはそんなに頻繁に連絡を取り合っていないはずだ。北部へ越す少し前にリディアがしでかした一件を、おそらくお母さんは完全には許していないのだから。

リディアは、むかいのマンションの屋根裏部屋に住んでいたダンサーと友達になって、ときどきお母さんの目を盗んでは、庭のフェンス越しにお喋りをしていた。リリ・ローズという名前のそのダンサーは、海岸沿いのナイトクラブに勤めていて、たいてい昼過ぎまで眠っていた。ときおり立派な身なりの紳士たちが、人目を憚《はばか》りながら彼女の部屋の呼び鈴を押した。悪い影響を受けては困るからと、リディアは彼女に挨拶をすることすら禁じられていた。

ある蒸し暑い日曜のこと、両親はそろって親戚の葬儀へ行き、わたしとリディアは家で留守番をしていた。そこへリリ・ローズがやってきて、うちも断水してるのかと尋ねた。彼女の部屋は蛇口をひねっても水が出ないらしかった。前の晩の化粧でぐちゃぐちゃになった目もとに、ぼさぼさの脱色した髪がかかり、ほぼキャミソール姿だった。リディアは彼女を家に招き入れ、冷たい飲み物をふるまったあと、シャワーを使わせた。しばらくすると、リリ・ローズが裸足のまま水を滴らせながらバスルームから出てきた。お母さんのバスローブを羽織っていたものの、前は半ばはだけていた。

二人はリビングルームでダンスを踊りはじめた。最初のうちは普通に踊っていたが、レコードのゆったりとした官能的なリズムに合わせて、しだいに身体をからめはじめた。リリ・ローズは、骨盤を前に突き出してみせながら、どのように腰を動かして男の身体にこすりつけるかをリディアに教えた。パイル地のスリットから片方の脚を出してリディアの脚に巻きつける。もちろん、ふざけていただけだ。時間が経つにつれて心配になったわたしは、ときどき玄関のほうをうかがっていたのだけれど、二人は気にかける様子もない。背の低いテーブルをどかして、こんどは激しくて熱狂的なシェイクダンスを踊りはじめた。なにかにとり憑《つ》かれたように身体を揺すっている。リディアは汗ぐっしょりになったTシャツを脱ぎ捨てて、ショートパンツとブラジャーだけになった。四十五回転のレコードが終わるなり、息を切らせた二人は、折り重なるようにソファーに倒れ込んだ。リリ・ローズが羽織っていたバスローブの紐がほどけて、腰があらわになった。

予定より早く葬儀から帰ってきたお母さんが見たのは、二人のそんな姿だった。

わたしはそのまま更衣室の陰でしゃがんでいた。泣きべそ顔のアドリアーナが、あてもなく歩いているうちに偶然わたしを見つけた。ブランコから落ちたのだろう、唇も鼻の頭も砂まみれだった。慣れない場所で無防備なアドリアーナは、兄の待つ最前列のビーチパラソルを見つけられなかったのだ。

「落ちたんじゃないんよ。あの子たちに突き落とされたん」兄の顔を見るなり、アドリアーナは泣きついた。「このビーチでは見かけない顔のくせにブランコで遊ぶなって」遊具のある一画でたむろしている少年たちを指差した。

とたんにヴィンチェンツォが闘牛のような勢いで飛び出していった。なにか言葉を発したか、いきなり殴りかかったかはわからない。わたしたちが追いついたときには、全員砂まみれでビーチに転がり、兄一人対大勢でくんずほぐれつの取っ組み合いになっていた。助けを呼ぶと、海水浴場の責任者が駆けつけた。大声で怒鳴りつけて、やっとのことで両者を引き離した。でも、そのあとわたしに小声で言った。パンツ一丁のロマ風の男は二度とビーチに連れてくるな。いったい誰なんだ？　きみんとこみたいなきちんとした家の親類なわけがないだろう。なんてったって、きみのお父さんは軍警察官《カラビニエーレ》だからな。

ヴィンチェンツォは身体についた砂を浅瀬で洗い流した。もう海水浴を楽しむことはなかった。三時をまわっていて、隣のパラソルの人たちは、メロンを食べながらこちらの様子をうかがっていた。そこへ、「もぎたてのココナッツはいかが？」と大声を張りあげながら、呼子笛を吹き歩く男が砂浜を通りかかった。

「あの人、産みたて卵を売ってるの？」アドリアーナが目を丸くした。

「そうじゃなくて、南国の果物を売ってるの」食べさせてやりたかったが、手もとに残った小銭では足りなかった。

行商人は、好奇心まる出しにしてココナッツの入ったバケツをのぞきこんでいる妹を見て微笑むと、ひと切れくれた。とはいえ、生まれて初めての味見には小さすぎて物足りなかった。

わたしたちは服を着替えて、バスの停留所にむかうことにした。一瞬、背後からほかの海水浴客たちの安堵のため息が聞こえたような気がした。バスの窓から、パトリツィアが住んでいる五階建てのマンションに挨拶をした。心のなかで、こんどは会いにくるからねと誓いながら。

「俺はちょっと友達のところに寄って、遅いバスで帰る」郊外まで来たところで、ヴィンチェンツォがいきなり座席から立ちあがり、次の停留所でバスを降りてしまった。だらしなく歩道に立つヴィンチェンツォの姿を埃《ほこり》で曇った窓越しに見ていると、さっきまで彼に対して抱いていた感情がなんだったのか、自分でも理解できなかった。バスがふたたび発車するまでのあいだ、彼はわたしを見ながら口もとに人差し指を当てた。キスを送ろうとしたのか、それとも誰にも言うなという合図だったのか、わたしにはいまだにわからない。

アドリアーナは村に着くまでぐっすりと眠っていた。ところが夜になると、日焼けした肌が痛痒《いたがゆ》いとぐずりはじめた。家では誰もアドリアーナの日焼けに気づかなかった。母親は、畑で野菜や果物をもらってこなかったのかと尋ねただけだった。それから二日して帰宅したヴィンチェンツォに、父親が体罰を与えることはなかった。不在に気づきもしなかったか、さもなければ、息子の矯正を断念したのかもしれなかった。

14

「下りてこいよ。見せたいものがあるんだ。物置の裏で待ってる」窓の下でわたしを呼ぶ声がした。

しばらくしてアドリアーナを連れて物置の裏へ行ってみると、ヴィンチェンツォが不服そうな顔でわたしをにらんだ。

そして、お釣りをやるからと言って、アドリアーナに広場まで煙草を買いに行かせた。ヴィンチェンツォのポケットには大金が入っているらしく、小銭を取り出そうとした拍子に紙幣が一枚落ちた。アドリアーナについて行こうとするわたしを、彼は目で押しとどめた。

「あいつはまだ子どもだから、秘密を守れない」妹が角を曲がるのを見届けてからヴィンチェンツォが言った。「ちょっとここで待ってろ」

ほどなく彼は、いつもの癖で右、左と背後を用心深く確認しながら戻ってきた。小脇に抱えた青いビロード地の袋を取り出すと、地面に膝をつき、袋を開けてなかの宝物を見せてくれた。そして宝飾店のカウンターにならべるように、アパートをぐるりと囲むセメントの上にジュエリーを置いた。中古品らしく、輝きがいくらか鈍かった。ヴィンチェンツォはできるかぎり繊細な指使いで、からまっていた二本のネックレスをほどき、一本ずつ丁寧にならべた。それが済むと、指輪、ネックレス、ペンダントからなるちょっとしたコレクションを満悦の表情で一《いち》瞥《べつ》してから、わたしのほうにむきなおり、金製品にどんな反応を示すのか見極めようとした。そして、わたしが不安をあらわにして黙りこくっているのを見ると、驚いた。

「どうしたんだ。すごいと思わないか？」そう尋ねながら、気落ちした表情で立ちあがった。

「どこから持ち出したの？」

「べつに持ち出したわけじゃない。働いた分の賃金としてもらったんだ」機嫌を損ねた子どものようなふくれっつらで、ヴィンチェンツォはそんな言い訳をした。

「どれも高価なものばかり。たった二日でこんなに稼げるわけがない」

「俺が帰ろうとしたら、お礼にって仲間がくれたのさ。ただで手伝ってやったからな」

「これをどうするつもり？」わたしはなおも問い質《ただ》した。

「売るんだ」ヴィンチェンツォはふたたび地面に膝をついて、ジュエリーをかき集めた。

「正気なの？　盗品を持ち歩いているところを見つかったら、矯正施設に入れられるよ」

「偉そうな口を利くな。どうしておまえに盗品だってわかるんだ？」そうしてわたしのほうを振り返り、手に持っていた二本のブレスレットを見せた。その手が小刻みに震えている。伸ばしはじめて間もない口髭《くちひげ》の上で膨らませた鼻の孔も震えていた。

「それくらい見ればわかる。それに、うちのお父さんは軍警察官《カラビニエーレ》だから、空き巣に入って宝石を盗むロマの話を家でよくしてたもん」そんな言葉が思わず口をついて出た。わたしは、またしても養父母を引き合いに出すという過《あやま》ちを犯したのだ。

「まったく、どんだけめでたい奴なんだ。まだ軍警察官《カラビニエーレ》の親父《おやじ》のことなんて考えてるのか？

あいつはおまえの叔父で、おまえのことなんてとっくに忘れてるさ。その証拠に、この村でおまえがどんなふうに暮らしてるか、見にも来ないじゃないか」

不覚にもわたしは、涙がこぼれ落ちるまで、こぼれそうになっていることにすら気づかなかった。ヴィンチェンツォが、意地悪なセルジョとおなじような物言いをするなんて。

彼は慌てて立ちあがり、わたしのそばに来た。ざらついた親指で頬の涙をぬぐい、首を軽く横に振りながら、いいから泣くな、おまえの涙には耐えられない、とかすれた声で繰り返した。ちょっと待ってろと言ってジュエリーをかき集めると、ひとつだけ別にして、残りは青い袋にしまった。

「おまえにこれをやろうと思って呼んだんだ。なのに、腹の立つことを言うから……」ハート形の宝石がさがったネックレスを手に、身を寄せてきた。

わたしが反射的に斜め後ろへ一歩飛びのいたものだから、彼の手のなかの金の鎖が宙に浮き、ハート形のトップがゆらゆら揺れた。彼の額に怒りを湛《たた》えた筋が何本も入り、口は真一文字に結ばれた。こめかみでは、ふたたびこみあげた憤りで赤くなった魚の骨がどくどく震えている。それでいて、無防備で苦悩に満ちた驚きが瞳の奥に見てとれた。わたしは、いましがた飛びのいたのとは逆向きに、おなじ距離だけ前に歩み寄り、プレゼントを受け取るために顎を軽く持ちあげた。ネックレスの金具を留めようとうなじに触れた彼の両手は思いのほか器用で、手もとを見る必要もないらしかった。ひんやりとしたハートがわたしの胸もとでしばらく揺れていたが、規則的に脈打つ体内の血液によって、しだいに貴金属が温められていった。

「すごくきれいだ」ヴィンチェンツォがつぶやいた。

ペンダントトップのまわりを少し大きめになぞるようにして指先でわたしの肌にゆっくりとハートを描くと、そのまま胸のほうへおりてこようとした。

「はい、煙草買ってきたよ」ちょうどそこへ駆け戻ってきたアドリアーナが、ぴたりと足を止めた。なにを見たかはわからない。

「買ってきたよ……」煙草の箱をおずおずと差し出しながら、小声で繰り返した。

口には、お釣りで買ったチェリー味のアイスバーの棒をくわえていた。わたしは慌てて背をむけると、プレゼントを首から外して、ポケットに隠した。以来、わたしはそのネックレスを数えるほどしか身につけていないけれど、いまでも持っている。盗品にちがいないと思いながら。どこへ行くにも持ち歩き、なくさずに二十年もの歳月が過ぎた。わたしにとってはとても大切な品だ。高校の卒業試験や重要な面接のときなど、お守り代わりに持っていたこともある。このあいだアドリアーナは結婚したいと言ってたけれど、それが本当なら、結婚式にもしていくつもりだ。このハートのかつての持ち主はいったいどんな人だったのだろうか。

あのころのわたしは、ヴィンチェンツォと二人きりになるのを避けていた。そのくせ、彼の姿を見ると身体の奥が痙攣《けいれん》して内臓がきゅっと締めつけられ、下腹部に切なさがこみあげるのだった。日の暮れるころになると物置のほうの窓から聞こえてくる口笛を無視するには、強靭《きょうじん》な意志の力が必要だった。ヴィンチェンツォはしばらく虚しく待ったあと、むっつりと黙りこくって、ドアを乱暴に叩きつけながら家に入ってくる。巻き起こった旋風で壁のフックにかかっていた鍋が落ちるし、ジュゼッペは泣きだすし、アドリアーナは頭が痛いと言った。わたしは、少し離れたところでじっと堪えていた。

土曜のお小遣いでバスのチケットが買えた。両親には、前のうちに住んでいたときの親友の誕生日を祝いに行きたいのだと、正直に話した。泊まってきてもいいかと尋ねると、二人は、いつもの無気力な優柔不断さでしばし顔を見合わせた。

「俺は送らんよ。車のエンジンがかからねえ」それは父親なりの許可だった。その声を聞いたときの違和感から、わたしは彼が普段ほとんど喋らないことに気づいたのだった。

翌朝、わたしは早い時間に外へ出た。窓からアパートの裏手の斜面になにか花らしき色が見えたので、それをパトリツィアに摘んでいこうと思ったのだ。ほかにプレゼントできるものはなかった。地味なタンポポの花だったが、きれいな黄色で、カブに似たにおいがした。わたしは摘んだ花を束にして糸で結び、出掛ける支度をするために家へ戻った。なにも知らなかったアドリアーナは、わたしが一人で町へ出掛けるとわかると、寝室に駆け込んだ。そして、以前に描いてあげた絵を持ってきて、わたしの目の前で破いてみせた。意外にも、母親が末っ子を抱いてバス停のある広場まで送ってくれた。バスの窓からバイバイと手を振ると、弟もわたしを真似て手を振ってみせたけれども、ちっとも挨拶のようには見えなかった。

バスに乗っているあいだにタンポポはしおれてしまい、近くの席の人にじろじろ見られた。おそらくにおいのせいだろう。北海岸沿いに建つマンションの五階のドアが開くのを待つあいだ、わたしはそれをパトリツィアに渡すべきか迷っていた。

パトリツィアは歓喜の声をあげてわたしに飛びついてきた。犬は興奮して吠えたて、猫は様子をうかがいに来た。わたしは伏し目がちに、そんなプレゼントしか用意できなかったことを詫びた。けれどもパトリツィアはぴょんぴょん飛び跳ねながら、いままでもらったなかでいちばん素敵なプレゼントだと言ってくれた。

わたしたちは午前中ずっと二人で、ひっきりなしにお喋りをした。でも、わたしのほうが口数は少なかった。自分の新しい暮らしについて話すのが恥ずかしくて、パトリツィアのことばかり尋ねていたからだ。家のにおいが懐かしかった。台所のシナモンのにおい、パトリツィアの部屋のちょっと酸っぱい汗のにおい、それにバスルームに漂うシャネルの五番の香り。パトリツィアのお母さんがいつもオフィスに出勤するときにつけている香水だ。わたしが訪ねていったのは誕生日パーティーの翌日だったにもかかわらず、冷蔵庫にはカナッペやデザートなどおいしいものがいろいろ残っていた。わたしたちはそれをつまみながら、二人してベッドで寝そべって何時間も話し込んだ。パトは競泳大会で優勝したことを話してくれた。もしわたしも参加していたら、きっと三位か四位にはなっただろうとも言ってくれた。それから、もう何か月も前からパトを口説こうとしている鼻の高い男子の噂話をして、ひとしきり笑った。

「鼻があんなに高いと、キスするのに邪魔だと思わない？」パトは一回ぐらいならキスをさせてあげてもいいかなと迷っているらしかった。

「あなたがいなかったときにね……」どんな出来事について話すときも、パトはまずそう前置きした。まるでわたしが一緒にいないのは、もはや過去の出来事だというかのように。

15

猫がみゃあみゃあ鳴きながら身体をすりよせてきても、パトリツィアは上の空で撫でるだけで、餌をやろうともしなかった。わたしたちは時間が経つのも忘れていた。パトはパジャマのままだった。ドアが開く音に続いて、玄関の棚に鍵を置く音がしたとき、わたしたちはようやく、久しぶりの二人きりの世界から引き戻された。お母さんのヴァンダは、わたしの顔を見るなり感激してむぎゅっと抱きしめ、フランスの香りをくっつけた。わたしは目をつぶり、放してもらえるまで白い麻のブラウスの抱擁に埋もれていた。そのハグは、わたしがパトのお母さんを恨んでいない証《あか》しにもなった。匿ってほしいという願いを拒絶されたことを、わたしはいつの間にか許していた。

「ちゃんと顔を見せてちょうだい」ヴァンダはそう言って一歩さがった。

そして、背がますます伸びて、少しだけ痩せたみたいね、と感想を述べた。その日はたまたま、帰りがけに茄子《なす》のパルメザンチーズ焼きをお総菜屋さんで買ってきたそうだ。わたしの大好物だ。頬張るわたしを微笑んで見つめていたヴァンダは、先延ばしにしていたダイエットを真剣に始めることにしたという口実で、自分の分までくれた。そのうちに、パトのお父さんから昼食には帰らないという電話が入ったので、わたしは彼の分も平らげて、お皿に残ったソースをきれいにパンで浚《さら》った。それを見たパトリツィアは驚いた。以前のわたしだったら決してしなかったことだ。

「村ではみんなこうしてる」きまりが悪かったが、わたしはそう弁明した。

実の家族についてさりげなく質問するヴァンダに、わたしはなるべくはぐらかさずに答えていたものの、少し警戒心が緩んだかと思うと、不意にまた、無性に恥ずかしくなるのだった。その羞恥心によって、わたしは産みの親の存在を捉えなおしていた。

わたしはきょうだいの名前を順に挙げたうえで、妹のアドリアーナと弟のジュゼッペの話を少しした。二人のこと、とりわけ妹のことを、あれほどの愛《いと》おしさと切なさで語れるなんて、自分でも意外だった。「わたしの妹」と呼ぶことにも、ためらいを感じなかった。一方で、ヴィンチェンツォの話はいっさいしなかった。

「ご両親は？」それは、わたしがもっとも恐れていた質問だった。

「お父さんに村へ連れていかれた日から、一度も話してない」

「そうじゃなくて、いま一緒に暮らしているご両親はどんな方たち？」

「父は煉瓦《れんが》工場で働いているけれど、毎日というわけじゃないみたい」わたしはそこで話を中断し、ごめんなさいと断ってから、急いでトイレに駆け込んだ。といっても、トイレにこもって芳香剤のにおいを嗅ぎながら、しばらく時間稼ぎをしただけだ。それから、なにもしていないのに水だけ流して、二人のいる部屋に戻った。思惑どおり、ヴァンダはすでに別のことに気をとられていた。

しばらくしてパトリツィアが、船の行列を見に行きたいから港まで送ってほしいとヴァンダにせがんだ。その日は地元の漁業組合のお祭りだったのだ。近所の教会でミサが執りおこなわれたあと、花で飾られた大きな船が聖人の像と司祭を乗せて出港する。その後ろから何艘《そう》もの漁船が続き、後尾には色とりどりの旗を風にはためかせた小さな舟がならんだ。わたしとパトは人混みをかきわけながら、埠頭に沿って追いかけた。舟の列はそのまま海岸沿いを北へと進んだ。港に戻る前に、海難事故で命を落とした漁師たちを追悼するために、月桂冠を水中に手向けることになっていた。砂浜では漁師の妻たちが小魚の唐揚げを売っていた。パトリツィアがそれをひと袋買い、二人で分けて食べた。キビナゴの細かな骨が喉にちくちくした。

家に帰ってからも、お父さんのニコラが持って帰った獲れたてのマテ貝で、グラタン料理を作ってくれたヴァンダをがっかりさせないように、夕飯もきちんと平らげた。

「先週、きみのお父さんを見かけたよ」ニコラが言った。「郊外の検問所にいたんだ」

「なにか言ってましたか？」思わず声がうわずった。

「いいや、トラックを停止させているところだったからね。鬚《ひげ》を伸ばしてた」

「その話はやめようよ」パトは父親をじろりとにらみつけると、わたしの肩を揺すった。「着替えて、またお祭りに行こう。わたしの服を貸してあげるから」

お蔭で、わたしはその年も恒例の打ち上げ花火を見られることになった。

「車では行かないほうがいい」とニコラが言い、わたしはニコラの自転車のフレームに乗せてもらって出発した。パトリツィアとお母さんはそれぞれ自分の自転車で後からついてきた。港に近づくにつれて増える一方の歩行者に注意をうながすためにベルを鳴らしながら、ニコラは軽々とペダルを漕《こ》いだ。綿飴やアーモンド菓子を売る屋台のカラメルの香りと明かりのあいだを縫って、なににもぶつからずに進む。ときおり排水溝の立てるぼこぼこという音がした。海岸沿いの広い歩道に出ると、ものすごい人出でそれ以上は進めなかった。仕方なくわたしたちは自転車を駐《と》めて、工場のフェンスにチェーンで結びつけた。わたしとパトはしばらく二人だけで行動したかったので、ヴァンダとニコラとは、花火が終わったあとで落ち合うことにした。わたしたちはなるべく人の少なそうな砂浜の、最前列になると思われる場所に陣取って、花火が始まるのを待つことにした。後ろにならぶ人がしだいに増えていった。両側に男子のグループがいて、そのうちの巻き毛で眼鏡をかけた高校生らしき一人が、身を乗り出すようにしてわたしのことを横目で見つめていた。

「あの巻き毛の子、あなたに気があるみたいよ」彼のほうに目配せしながら、パトが笑って言った。

わたしは親友の肩に腕をまわして、しばらくぎゅっと抱きしめた。彼女と過ごす時間や、家を出される前の生活がわたしにとってどれだけ大切なものか、うまく言葉にはできなかった。隠そうとしていた涙を見られてしまったらしい。

「どうしたの?」

わたしは返事に詰まった。

そのうちに周囲が慌ただしくなり、いよいよ打ち上げ花火の始まりだ。観客のあいだに興奮の渦がひろがっていく。わたしとパトリツィアは立ちあがって、海の上の暗闇を見つめた。最初はまるでテストのように静かに始まり、一発また一発と間隔をあけながら打ち上げられていたのが、しだいに賑《にぎ》やかになっていった。動かない星々の冷たい瞬きを背景に、炸裂音《さくれつおん》とともにひろがる火花が夜空一面を支配したかと思うと、一瞬ののちに消えていく。観客たちの熱狂からかけ離れた海面の下で、物言わぬ魚たちが驚いていた。

そのとき、快活で迷いのない手に、いきなり手を握られた。わたしはてっきりパトかと思って笑いながら振り返った。数分前からパトの姿が見当たらなかったのだ。ところが彼女ではなく、先ほど見かけた巻き毛の男子で、眼鏡のレンズに花火が映り込んでいた。何年もの時を経たいまでも、あのときの胃のあたりがきゅっと締めつけられる感覚は、いくらか和らいではいるものの、まざまざとよみがえる。大勢の女の子がいるなかで、わたしを選んでくれたことが素直に嬉しかった。

「名前はなんていうの？」耳もとに寄せられた口から、甘い吐息と声が洩れた。夜空を彩るきれいな花火に合わせて、彼の繊細な顔立ちが一瞬ごとに色を変えた。

締めの一発の大音響にかき消され、わたしの名前を聞き取ってもらえたかわからない。彼の名前も唇の動きだけでは読み取れなかった。マリオかマッシモのどちらかだと思う。しばらく握られていた手からは、ぬくもった動揺が腕を伝って心臓まで届いた。誰かにぶつかられた弾みで、わたしの頬にむけられるはずのキスが宙に消えた。大勢の人が一斉に砂浜をひきあげはじめ、ほどなく彼ともはぐれてしまった。パトリツィアを探して動きまわっていたわたしに、ついてこられなかったのだろう。ヴィンチェンツォとおなじくらいの歳《とし》のはずなのに、雰囲気はまったく違っていた。

その晩わたしは、久しぶりに長い時間ぐっすり眠れた。産みの親の許に戻されてからというもの、ずっと眠れずにいたのだ。カーテン越しに射してきた明け方の光とともに、また新たな一日が始まるというかすかな不安が来客用のベッドのなかまで忍び込んできた。二日酔いの朝のように、目が覚めると頭がくらくらした。午後には村へ戻らなければならない。わたしはヴァンダと一緒に朝食の席についた。ほかの二人はまだ眠っていた。

「最近うちのお母さんを見かけた？」

「あなたが行ってしまってからは、一度も会ってないわ」ミルクココアを注ぎながら、ヴァンダが答えた。

「でも、ときどきうちの前の道を通るでしょ？」

「ええ。だけど、いつも閉め切ったままよ」ジャムパンと、花の形をしたクッキーを勧めてくれた。

「お母さん、どこか遠くの病院で治療を受けていて、お父さんが付き添ってるのかもしれない」

「どうしてそう思うの？」

「いつまでたっても帰っておいでって言ってくれないし、ほかにお母さんがわたしを手放す理由なんて考えられないもの。たぶん、わたしを心配させないように本当のことを隠してるんだと思う。お母さん、最後の何週間かは、お料理やお掃除をする元気もなかったの。ベッドで横になって、わたしのためにずっと泣いてた」そこでいったん話を中断して、目をこすった。「でも、病気が治ったら迎えにきてくれるに決まってる。そうしたら、またあの家で一緒に暮らせるはず」わたしはきっぱりと言った。

ヴァンダは考え込むような表情でコーヒーをすすった。鼻の頭に小さな茶色の飛沫がついた。「時が経てば、きっといろいろわかるわよ。でも、いまは耐えるしかないわね。一年だけ我慢すれば、あなたほどの成績ならどのみち町の高校に通うことになるでしょ？」

わたしは、冷めてきたココアの上でうつむいたまま、爪を噛みながら小さく頷いた。

「さあ、食べましょう。きっとまた遊びに来させてもらえるから」

しばらくして、わたしはパトリツィアに頼んで、前のうちの様子を一緒に見にいってもらうことにした。彼女の家からそれほど遠くなかった。パトリツィアは、探検にでも行くかのようにわくわくしていた。

「ドライバーを持っていく？」秘密探偵さながらに、声を潜めて尋ねた。門の錠前をこじ開ける気でいるらしい。

行ってみると門は開いていて、家の裏手から物音がした。二人で用心しいしい庭に入った。パトはスパイ映画で見た身のこなしを真似ていた。通路に積もっていた砂は掃いてあるし、庭木は整っていて、きれいに刈りそろえられた芝からは、切ったばかりの草の香りが漂っていた。壁に熊手が立てかけられ、そのむこうには別の道具も置かれている。それでも窓やドアは閉め切られ、鎧戸もぴったりと閉ざされていた。軒下の自転車は、このあいだ見たときとは違う位置にあり、タイヤには空気が入っていて、すぐ近くに空気入れが置きっぱなしになっていた。家の裏から物を叩く音がしたかと思うと、しばらく静かになり、また音が響いた。わたしは息を潜め、からからに乾いた唇で近づいていった。お父さんがいるのだとばかり思っていた。日曜大工が好きで、よく庭でそんなふうに金槌《かなづち》を使っては家具を修理していたからだ。

壁の角のところでなにかと体当たりしたと思ったら、庭師のロメオの腕に抱かれていた。パトリツィアはバランスを失い、地面に尻餅をついたまま、わたしたちを見あげている。

「おや、お嬢ちゃん。どこにいたんだい？　誰もいないのかと思ってたよ。お母さんを呼んでくれないかな？　仕事が終わったんでね」

「両親はしばらく留守なんです」わたしは口から出まかせを言った。「誰から鍵を預かったんですか？」

「お父さんが近所のカフェに預けていったんだ。秋になる前に庭を片づけてほしいと、電話で頼まれてね」

「玄関の鍵も持ってますか？」

「いや、預かってないね」そこでなにか訝しく思ったらしい。「お嬢ちゃんはここで一人で留守番してるの？」家を指差して尋ねた。

「違います。友達のうちに泊まってて、本を取りに来たんです。お父さんとお母さんは明日帰ってくるので、鍵は預かります」自分ではごく自然に嘘がつけたつもりだったのに、ロメオは信じなかった。

「いいや、カフェに返すことにするよ。准尉にそう言われたのでね」

結局、せめて庭にだけでもまた入りたいというわたしの希望は砕かれた。軍警察でのお父さんの階級は「准尉」ではなかったけれど、敢えて訂正しようとも思わなかった。


昼食はアサリのスパゲッティだった。わたしはうまくフォークで巻き取ることができずにいた。大好物だと知っているニコラが、しきりに食べなさいと勧めてくれたのに、喉になにかがつかえて、気分がすぐれなかった。テレビでは、テロを撲滅するための新しい法律のニュースが流れ、続いてオープンしたばかりのイタリア初の大規模テーマパークからのルポになった。

「あそこ絶対に行こうね。日帰りのバスツアーがあるから、こんど来るとき一緒に行こうよ」

実際にその遊園地を訪れたのは、それからずいぶん後になってからのことだ。大学の試験期間を終えたわたしは、ローマでパトリツィアと合流して、一緒に行ったのだった。女子二人で湖に行くなんてなんだか少し滑稽だったが、そのころ失恋の痛手を抱えていたパトリツィアは、静かな水を湛えた湖の景色は自分の心境にぴったりだと言っていた。

「でも、この退屈な風景にはもう飽きた。今日はガルダランドへ行こう」何日目かの朝、窓辺にゼラニウムの花の咲く小ぢんまりとしたホテルのテラスで、パトリツィアが言った。そうして二人で、子どもたちに交じってテーマパークのゲートをくぐった。ごくシンプルな回転ブランコやジェットコースター、いちばん高いところでしばらく制止してゆらゆら揺れる観覧車、どれも悲鳴をあげるほどスリリングだったけれど、ヴィンチェンツォとアドリアーナと三人で行った、ぎしぎしと軋むロマの移動式回転ブランコで味わった熱狂に匹敵するものはなかった。

昼食後、わたしは海岸沿いの停留所からバスに乗った。パトリツィアの家族は、三人そろってバス停まで送ると言って聞かなかった。ヴァンダはリードをつけた犬まで連れてきた。わたしは、来るときには斜面で摘んだタンポポの花しか持っていなかったのに、帰りには、ノートやランジェリー、Tシャツやズボン、そしてそれらを入れるための、通学にも使える新しい鞄まで持たされた。別れの挨拶をするとき、わたしは堪えきれずにしゃくりあげた。いっそのこと、歩道から三十メートルの砂浜を隔てたところにある紺碧の海で溺れてしまいたかった。

わたしはバスの窓ぎわの席に座り、ガラスに頭をもたれた。ニコラがクッキーの袋をいくつかと、行きつけのお総菜屋さんで買った山盛りの茄子のパルメザンチーズ焼きを持たせてくれた。わたしはそれを妹に食べさせるつもりだった。そうすれば妹の怒りも鎮まるにちがいない。その夜、妹と二人だけで物置へ行き、隠れて食べようと思っていた。ノートも分けてあげるし、新しい鞄だって貸してあげる。妹が、わたしへのやっかみでいっぱいになっているのではないかと思うと気が重かった。ひとたびバスが村に着いたら、わたしにはアドリアーナしかいないのだから。さいわい隣の席が空いていたので、村に着くまで人目を憚《はばか》らずに泣くことができた。

16

昼前からアドリアーナは、町からのバスが到着するたびに広場まで行き、わたしが降りてくるのを待っていたらしかった。九月の暮れなずむ光のなか、少し離れたところに立つ妹に、わたしはすぐには気づかなかった。家にむかって歩きだしたところで妹が一歩動いたので、やっとその存在に気づいたのだ。両の拳をぐっと握りしめて地面に突き出し、眉をしかめていたせいで目はよく見えなかった。わたしたちは、あいだに数メートル挟んで互いに顔を見合わせた。長いあいだ噛みしめていた憤怒と疲労の塊と化した妹に近づくべきなのか、わたしは決めかねた。わたしの手に重たげに提げられた、なにが入っているのかわからない膨らんだ鞄や紙袋を、妹はその欲深なすばしこさで見定めていた。次の瞬間、いきなり駆け寄ってきて、わたしに抱きついた。わたしは荷物を全部アスファルトの上に置くと、妹を抱きしめ返し、額にキスをした。そうして言葉は交わさないまま、ならんで歩きはじめた。妹は鞄と紙袋を運ぶのを手伝ってくれたけれど、その場では中身がなにか尋ねなかった。アパートの前の空き地まで来ると、あたりの様子を用心深く横目でうかがったうえで、ようやく話しはじめた。どこの家でも夕食を囲んでいる時間だったので、誰もいるはずがなかったのだけれど。

「もらってきたものは物置に隠しておきな。じゃないと、ひどい目に遭うよ」アドリアーナはアパートの三階を指して言った。セルジョたちのことを心配しているのだろう。

いつも煉瓦の下に置いてある鍵で物置を開けると、わたしたちは急いでお土産を隠した。「夕飯はあんまり食べないようにね。あとで、おいしいものをあげるから」階段をのぼりながら、妹に言った。

アパートに戻ってみると、わたしがいなかったことなど家族の誰も気に留めていないらしかった。弟のジュゼッペだけが母親の胸から顔をあげて、こちらに身を乗り出してきた。抱きあげてやると、べたべたで甘ったるい指を口に突っ込まれた。

「お嬢さまは、魚をたらふく食ってきたんだと」あまり食の進まないわたしを見て、すかさずセルジョがからかい、「生のやつをね」と、とどめを刺した。

ヴィンチェンツォの姿はなかった。夕飯が済み、後片づけと皿洗いを終えたわたしとアドリアーナは、訊かれてもいないのに口実をつくって外へ出た。妹はフォークを隠し持っていた。籠を逆さにして腰掛けると、生まれて初めて見る茄子のパルメザンチーズ焼きを、いかにもおいしそうに食べつくした。敢えて訊くまでもなく、わたしの分ももらえるものとわかっていたらしい。完食後に妹の口から洩れたげっぷが、二日も家を留守にしたわたしに対する赦しのように響いた。

翌日の午前中は、わたしとアドリアーナで弟の面倒をみることになった。母親が、ジャムにする果物をもらいに農家へ行っていたからだ。弟をベッドに寝かせて、二人のあいだに挟んでごろごろ転がして遊んでいたら——わたしたちにとって弟は人形のようなものだった——、急に身体を二つ折りにして泣き叫びはじめた。

「どうしよう。虫にでも刺されたのかな」わたしは焦った。

「違う。この子、お腹が痛くて身体をよじってるんよ」弟を抱きあげようとしながらアドリアーナが言った。

ジュゼッペは、鼻がもげるほど臭い水のような下痢をすると、かろうじて泣きやんだものの、背中を伝って首のあたりまで便で汚れていた。アドリアーナは要領を心得ていて、風呂場へ連れていき、バスタブのなかで服を脱がせてから、四つん這いにした。石灰の塊がついた白いバスタブの底で、弟は子犬のように無防備で惨めだった。わたしはそんな状況に陥った弟に触ることもできなかった。意識とは別のところで、不快感が先に立ったのだ。さいわい妹はわたしの助けを必要としておらず、べちょべちょで泡のような便を素手でこすり落としながら、手際よく洗っていた。やっとの思いで服を着せたと思ったら、ジュゼッペがまた下痢をして身体じゅうを汚してしまった。何度かそんなことを繰り返すうちに、しまいには着せる服が一枚もなくなった。するとアドリアーナは、またしても泣き叫んでいる弟をタオルでくるんで抱きあげ、疝痛《せんつう》をともなってぐつぐついっているお腹のマッサージを始めた。

「大丈夫、すぐ治る。すぐ治るからね」弟の耳もとで繰り返し言い聞かせるアドリアーナ。その言葉は、木偶《でく》の坊のように突っ立っているわたしにもむけられていた。

「紅茶に、レモン汁をたくさん搾ってきて」そう頼まれて台所に行っても、必要なものはひとつも見つからず、おまけに焦っていたものだから、床にお湯をこぼす始末だった。

「うちがするから、ちょっと抱いてて」ところが、ジュゼッペはますます声を張りあげて泣き、手際のいいほうの姉から離れたがらない。「しょうがないなあ。一階のおばさんに頼んできて」アドリアーナもお手上げ状態だった。

一階のおばさんは、途方に暮れた顔つきのわたしを哀れに思ったらしく、すぐに紅茶を淹《い》れてくれた。そうして一緒に三階まであがってきて、ジュゼッペの状態を見ると、自分の子どもたちが小さかったころの古い服を取りに戻った。

だぶだぶのTシャツを着せられた弟は、ときおり腸から中身を放出しつづけたけれども、その勢いは少しずつ衰えていった。ようやくわたしもそばへ行き、汗まみれの髪をガーゼで拭いてやれるようになった。するとジュゼッペも、アドリアーナの腕を離れて、おとなしくわたしに抱かれた。

正午になると、一階のおばさんが弟のためにミルク粥《がゆ》を持ってきてくれた。スプーンで口まで運んでやると、弟は何口か食べたあと、わたしの腕のなかで眠ってしまった。

「ベビーベッドに寝かせればいいのに」アドリアーナに言われたが、あんなに苦しい思いをしたあとなのだから、せめてもう少し抱いていてやりたかった。

しだいに腕の筋肉が麻痺《まひ》してきたので、少し位置をずらしたところ、痺《しび》れてじんじんした。よく考えてみると、小さな子どもとこんなにも密接にかかわる喜びを味わったことは、生まれてこのかた一度もなかった。

午後になって戻ってきた母親は、まだ家事が片づいていないうえに、ジュゼッペの汚した床があちこちべたべたしていると言って、わたしたちを叱りつけた。

その後、わたしとアドリアーナは桃の皮むきをさせられた。シロップに漬けて冬の保存食にするのだ。妹は、畑から桃を持ち帰った母親の目を盗んで、つまみ食いばかりしていた。弟の下痢の後始末にかかりきりだったから、昼飯を食べる時間がなかったのだ。

「これくらいの歳の子はみんな歩いてるはずなのに、ジュゼッペはまだはいはいしかしないし、『ママ』とも言わないよね」わたしは、四つん這いになって移動する弟の動きを目で追いながら言った。

「だって、ジュゼッペは普通じゃないもん。気づかんかった？　発達が遅れてるんよ」妹は顔色ひとつ変えずに答えた。

わたしはナイフを手に持ったまま身体が固まった。桃が手からすべり落ちる。アドリアーナの口から飛び出すありのままの説明は、ときに雷のような衝撃を与えることがあった。わたしは家のなかを這いまわる弟を追いかけると、タイルの床から抱きあげて、話しかけながらしばらく抱いていた。そのときからというもの、わたしの弟への接し方が変わった。彼の発達状態を考慮するようになったのだ。

弟がなんの病気なのか、どんな障害があるのか、詳しく聞いたことはなかった。それが数年前に初めて、ある医者から難解な診断を告げられた。

「先天的な疾患なのでしょうか」と、わたしは尋ねた。

医者は、頭のてっぺんから爪先までわたしを見定めたうえで、然るべき服装をしているし、外見もきちんとしていると判断したのだろう。

「そうした部分もありますが、この子の場合にはおそらく……環境的な要因も大きいでしょうね。幼いころ、成長に必要なものが満足に与えられていなかったのではないかと思われます」

診察机に座り、カルテの上に両手をひらき、なおもわたしのことを見ている。わたしと弟の違いを見てとり、環境要因によるという自分の見立てに納得がいかないのかもしれなかった。いや、それもわたしの勝手な想像にすぎないのかもしれない。

小学校にあがったジュゼッペは、それまであまり例のなかった支援の先生をつけてもらえることになった。とはいえ、学年が新しくなるたびに担当が交代したので、毎年六月にはいつも、ようやく築いた先生との信頼関係が絶たれることになった。弟が、記念にあげると言って、大好きだったミンマ先生の掌に自分の涙をひと粒たらしたのを見たことがある。弟は昔から手の絵を描くことが好きで、数えきれないほどの手を描いてきた。それが教室でのあの子のおもな日課だった。ノートをとっているクラスメートの肖像を描くのだ。その際、指をとりわけ細密にデッサンし、ほかの部分はおおまかな輪郭しか描かなかった。顔に至っては、卵形の輪郭に、目鼻立ちを示す線が数本引かれているだけだった。

ジュゼッペは、自分の身を護る術《すべ》を身につけないままに大きくなった。誰かが殴り合っているところにうっかり入り込み、そのまま無邪気に立ち止まって、とばっちりを食らうようなところがあったのだ。意図してあの子を殴る者は誰もいなかった。ある日、学校へ迎えに行くと、弟が頬に怪我をしていた。先生の話によると、別の子を殴ろうとしたクラスメートの拳がたまたまジュゼッペの頬に当たったらしい。するとジュゼッペはその手をつかみ、握られていた指を一本いっぽん開いてから、しげしげと観察しはじめた。手の美しさと、それによって引き起こされた痛みとの関係を解き明かすかのように。相手は身動きひとつせず、観察されるがままになっていたそうだ。

17

始業のベルが鳴った。廊下ではほかの生徒たちが、余所者《よそもの》であることを強調するかのように、わたしとのあいだに一定の距離を保っていた。わたしが座ろうとした席には、何者かによって目に見えない名札が貼られていた。わたしが生家に戻ってきたときから村人たちのあいだでひろまっていたあだ名が書かれていたのだ。戻ってきた娘《アルミヌータ》。まだわたしはほとんど誰も知らないというのに、みんなはうちの事情をわたしよりもよく知っていた。大人の噂話を耳にしていたのだ。

小さいころ、遠い親戚のおばさんの家に娘としてもらわれていったらしいぞ。お嬢さまみたいに育てられたのに、なんでいまになって、仕事もない親の許に戻ってきたわけ？　育てていたおばさんが死んじまったんか？

わたしの隣は空席だった。誰も座ろうとしなかったのだ。担任の国語の先生はわたしのことを、この村で生まれたが、町で育ち、この夏にまた村に戻ってきたのだとクラスに紹介した。そんなこと、いったい誰に聞いたのだろう。

「みなさんと一緒に、中学三年の勉強をすることになります」ひそひそ話やくすくす笑いのなか、先生はそう宣言し、あまり歯ならびのよくない女子に、わたしの隣へ移るよう指示した。その生徒は鼻息を荒くし、当てつけがましく騒々しい音を立てて椅子を引きずりながら、言いつけに従った。

「あなたのためになりますからね」反抗的な態度の女子生徒が席を移動し、落とした教科書を拾うまで待ってから、ペリッリ先生は言い添えた。「これで少しは標準的なイタリア語が話せるようになるでしょう」言葉こそ隣の子にむけられていたものの、顔はわたしのほうを見ていた。遠まわしに与えられた最初の課題に対して、わたしがどんな反応を示すのか見極めていたのだ。それから生徒の一人ひとりに、夏休みをどのように過ごしたか尋ねた。

「この村に引っ越してきました」自分の番がまわってきたとき、わたしは小声で言った。けれども、その先を話すために許された短い沈黙のあいだにふたたび声を発することができず、先生も敢えて続きをうながそうとはしなかった。先生は、小さくて深いブルーの瞳をしていて、くるりとした睫毛《まつげ》はほぼ完璧な円を描いていた。わたしにあてがわれた最前列の中央の席からは先生のことがよく見えたし、香水の匂いまでした。口から出てくる言葉と一緒にゆっくりと宙を舞う両手が、早くもわたしを魅了しはじめていた。二時間目、先生がストッキングの下に包帯を巻いていて、脚が太く見えることにわたしは気づいた。すぐ目の前に立った先生は、わたしの机に指先をのせていた。

「少し前に静脈瘤《りゅう》の手術をしたの」わたしはなにも言わずに見ていただけなのに、ペリッリ先生が答えた。

どきっとしたわたしは、視線をできるだけ上にあげた。すると、ちょうどそこに先生の顔があった。鮮やかな色の宝石のついた指輪に目が吸い寄せられた。宝石の奥の秘められたところから、不思議な光が放たれていた。

「青いほうがサファイア、赤いほうはルビーよ」と先生が教えてくれた。「きれいな宝石がどこの国で採れるのか、近いうちに地理で勉強しましょうね」続けて、クラスのみんなにむかって言った。「では、文法の復習から始めます。新学期が始まったばかりですが、今年の終わりには中学校の卒業資格試験があることを忘れないように」先生は、結った髪からわたしのノートの上に落ちたヘアピンを拾うと、教壇に戻った。

そして、いくつかの単語を板書し、分析するように言った。ほかの生徒にむけられた質問にも、わたしは聞こえるか聞こえないかの声で答えた。すると先生は、唇の動きから、答えが正確なことを読みとった。

「ARMANDO《アルマンド》という単語を説明してください」

「僕の叔父さんの名前」冗談好きな男子が意気揚々と答えた。

「そうですね。確かに固有名詞で、男の人の名前でもあります」先生は口では認めながらも、首を軽く横に振った。

「動詞ARMARE《武装する》の現在進行形です」わたしの声は、意図せずに少し大きくなった。

「戻ってきた娘《アルミヌータ》のくせして、なんでも知ってやがる」アルマンドの甥《おい》がせせら笑った。

「そうですね。あなたと違って、動詞の活用をきちんと勉強したからですね」ペリッリ先生は男子生徒を鋭い目でにらみつけた。

休み時間になると、アドリアーナが教室のドアのところに現われた。怖気づいているふうもない。わざわざ小学校と中学校を隔てている庭を横切って、わたしの様子を見にきたのだ。水色のスモックのボタンが二つばかり取れていて、裾は数センチにわたってほつれて垂れ下がっていた。痩せっぽちで髪も脂ぎっているくせに、隙あらば嘲笑ってやろうと待ちかまえる図体の大きな中学生に囲まれても少しも引けを取らない十歳の女の子は、アドリアーナくらいなものだろう。

「こんなところでなにをしてるの？」警戒するように首を伸ばして、先生が問い質した。

「姉ちゃんがしっかりやってるか、様子を見にきたの。姉ちゃんは町に住んでたんよ」

「担任の先生は、あなたがここに来ていることを知っているの？」

「いちおう言って来たけど、男子たちがうるさかったから、聞こえてなかったかも」

「だとしたら、いまごろあなたがいないって心配してるんじゃないかしら。用務の先生を呼ぶから、教室まで送ってもらいなさい」

「教室には一人で帰れる。道はわかってるから。けど、その前に、あの子がこのクラスでいじめられてないか教えて」こちらを指差しながら、アドリアーナは言った。

　恥ずかしさのあまり、わたしは身じろぎもできずに自分の席で座っていた。顔を赤くして、アドリアーナとはいっさい無関係だというように、ひたすら机を見つめて。いっそ殺してしまいたいと思う一方で、厚かましいほど人目を気にせずに自然体でいられる妹が羨ましくもあった。

先生から大丈夫だと聞いて安心したアドリアーナは、授業が終わったら校門で待ってるね、と声を張りあげて言うと、戻っていった。

クラスメートはみんな席を離れ、教室内でいくつかのグループに分かれていた。おやつを食べながら、喋ったり笑ったりしている。わたしの噂話をしているにちがいない。アドリアーナが教室まで訪ねてきたことで、ますます狙われやすい標的となってしまった。あるいは、みんなの関心が自分にむけられているとわたしが勝手に思い込んでいるだけかもしれなかった。

わたしはなにもおやつを持っていなかった。前の学校では、いつもお母さんが持たせてくれたのに。教壇ではペリッリ先生が、本のページをめくりながらさりげなくこちらをうかがっていたが、やがてすっと立ちあがった。脚に包帯を巻いている人の動きとは思えなかった。

「これでよければ食べなさい。おやつを忘れてくる子のために、いつも鞄に入れてあるの」そう言ってわたしの机にクッキーを置くと、雲行きの怪しい諍《いさか》いの様子を見にいった。しばらくして教壇に戻るとき、先生はまたしてもわたしの机の横で立ち止まった。そろそろ休み時間も終わりに近いというのに、いきなりヴィンチェンツォはどうしているかと尋ねてきたのだ。先生が担任をしていたらしい。わたしはなんと返事をすればいいかわからなかった。兄は何日か前から家に帰っておらず、家族のみんなは気にも留めていないようだった。アドリアーナでさえどこにいるか知らないと言っていたし、わたし自身も兄のことを少し忘れかけていた。

「働いています。毎日というわけではないみたいですけど」と、わたしは言った。

そこでチャイムが鳴り、いつものようにぎいぎいと椅子を引きずりながら、みんな自分の席についた。

「どんな仕事をしているの?」

「行き当たりばったりの日雇い仕事を」うだるような暑さの昼下がり、早くも冬支度を始めた近所の人に頼まれて薪《まき》割りをしていたヴィンチェンツォの姿が瞼の裏によみがえった。なにかを取りに物置へ行ったら薪を割る兄がいて、わたしはこっそり見惚《みと》れていたのだ。斧《おの》を振りおろすたびに喉の奥でうなるような声をあげながら、一心不乱に薪を割っていた。上半身をひねると、昼日なかの過酷な陽射しを受けて筋肉が輝き、背骨の窪《くぼ》みに沿って流れ落ちる汗がハーフパンツを濡らした。ほかにはなにも身につけていなかった。

「学校のこと、残念だわ」

「残念?」

「勉強をやめてしまうなんて、もったいない」ペリッリ先生が言いなおした。

「あんなごろつき!」後ろから声がした。

先生は、わたしたちの短い会話を聞いていた男子生徒に歩み寄り、わざと挑発するように言った。

「あなたのことも、ごろつきだって言ってる人がいるけれど、信じるべきかしら?」

下校のとき、わたしはアドリアーナを無視しようとしたが、無理だった。門のところで嬉しそうに飛び跳ねながら待っていたのだ。

「動詞の天才なんだってね。中学の先生たちは、姉ちゃんの話題で持ち切りだったんよ」

わたしはなにも言わずに素通りした。妹はいつだってなんでも知っていた。まるで起こる前からすべて見通していたかのように。なぜなのか、わたしにはいまだに説明がつかないが、いつだって然るべき場所の、ドアの後ろや角のむこう、木の陰に隠れて、驚異的な耳をそばだてていた。大人になるにしたがって、そんな能力の一部が失われてしまったみたいだけれど。

アドリアーナはわたしの数歩後ろをついてきた。不機嫌な顔のわたしを見て、しょげていたのだろう。

「うちがなにかした？」郵便局の前まで来たとき、妹は耐えきれずに抗議した。教室に突然やってきてわたしを困らせたなんて、これっぽっちも自覚がないのだ。そのとき、わたしのクラスの男子二人が両脇からアドリアーナを挟み込むようにしてならんだので、わたしは立ち止まって待つことにした。わたしが姉なのだから、護ってやらなければならない。

「まったく、おまえらの親は兎か？ 戻ってきた娘《アルミヌータ》も入れて、全部で何人きょうだいになった？ 六人か？ 七人か？」図体の大きなほうが、そう言ってからかった。

「言っとくけど、うちの母ちゃんは自分の旦那の子を産んでる。相手が誰だろうと孕《はら》んじまうあんたんとこの母ちゃんとは違うんよ」アドリアーナはそう言い返すが早いか走りだし、わたしの腕をつかんで一緒に逃げるようにうながした。相手の意表を突いたのと敏捷《びんしょう》だったのとで、わたしたちは余裕で逃げ切れた。さいわい、それ以上追いかけてはこなかった。安全な場所まで来ると、怒りで真っ青の男子の顔を思い出し、二人して腹を抱えて笑った。

「ところで、さっきあの子に言ってたのって、どういうこと？」わたしは尋ねた。「よく意味がわからなかったんだけど」

「姉ちゃん、この村で暮らす気なら、汚い言葉も勉強したほうがいいよ」

18

十月のある午後、何日も家を留守にしていたヴィンチェンツォが、別人のような容貌で帰ってきた。もはや一線を越えてしまった者の目をしている。真新しい服を着て、床屋で刈り込んだばかりの髪のせいで、こめかみの魚の骨がいつになく目立っていた。持ち帰った生ハムの原木を、大切な客だと言わんばかりに台所の椅子へそっと座らせた。その目新しい手土産さえあれば、何度目とも知れぬ家出を誰にも咎《とが》められまいと期待しているのだろう。みんなの視線が、その塩の擦り込まれた腿肉にじっと注がれた。乾いた肉の先端から骨が突き出ている。父親は煉瓦工場に行ったきり、帰っていなかった。

「もう食ってもいいだろ?」セルジョが沈黙を破った。

「いいや、メシの時間まで待て」ヴィンチェンツォは取りつく島もなかった。

わたしとアドリアーナに、パン屋でその日の朝に焼いた丸パンを買ってくるようにと命じた。母親はいつも、前日の売れ残りの安いパンしか買わなかった。

互いに疑心暗鬼になっていた兄たちは、その場から一歩も離れようとせず、夕食までの時間を一分、また一分とじりじりしながら待った。椅子の背もたれに立てかけた生ハムは、動じることなくわたしたちを凝視している。みんなの空腹が増すにつれて、ハムの表面を覆う、胡《こ》椒《しょう》をまぶした脂のにおいも濃くなっていく。ときおりヴィンチェンツォが、わたしの身体と顔を盗み見た。家族への手土産をどこで手に入れたのだろうと訝る気持ちが顔に出ていたにちがいない。ジュゼッペは椅子の脚のまわりを這っていた。小さいながらに、みんなの視線が椅子の上に集まっていることを感じとっていたのだろう。

「とりあえず切っておこうぜ」と、セルジョが言った。

「いいや、丸ごとを見せるんだ」帰りの遅い父親にむけられた冷酷な口調で、ヴィンチェンツォが一蹴した。

そこへようやく父親が戻ってきた。ズボンには煉瓦の粘土の塊がへばりつき、指は白くがさついている。

「この子がそれを持って帰ってきたのよ」生ハムを顎でしゃくりながら母親が告げた。「手を洗ってきたら。夕飯にするから」

父親は、生ハムにぞんざいな視線をやった。

「どこで盗んできたんだ」まるで、一メートルの距離のところに拳を握りしめて歯を食いしばっているヴィンチェンツォなどいないかのように、母親に尋ねた。

テーブルの脇をすりぬけて洗面所にむかおうとした父親が椅子に蹴つまずいたものだから、生ハムは鈍い音を立てて床に落ちた。セルジョが、待ってましたとばかりにそれを拾いあげてテーブルに載せると、ナイフを握った。次の瞬間、ヴィンチェンツォがナイフを取りあげて、洗面所のドアに歩み寄った。

「俺はいま町の肉屋で働いてる。仕事ぶりがいいからと、店長が給料だけでなくこいつを褒美にくれたんだ」濡れた手のまま出てきた父親にそう言いながら、ナイフの刃先で生ハムを指した。次いで父親の喉もとにそれを近づけた。「自分の子どもに売れ残りの古いパンしか買えねえからって、ケチつけるな」ヴィンチェンツォがナイフでシュッと空を切ったので、父親は縮みあがった。

それから、別のナイフとこすり合わせて刃を研ぐと、怒りにまかせてハムを切りはじめた。切るそばから皿の上に放り投げていく。皿を持って隣に立っていたアドリアーナは、兄が的を外さないように右や左へ皿を動かした。そこへ下の兄二人の手が代わるがわる伸びてきて、ハムが皿に触れるよりも早くさらっていくのだ。わたしは、用途に適していないナイフにもかかわらず、器用に脂身から皮を剝ぐヴィンチェンツォの手つきを観察していた。そして、父親と同様の疑念を抱いたことを申し訳なく思った。もしかすると兄は、真面目に手に職をつけようとしているのかもしれない。だとすると、ロマが金製品で賃金を支払ってくれたというこのあいだの話も、まんざら嘘ではない可能性もある。むしろ、村人たちの噂話こそ根も葉もないものかもしれなかった。

「てめえら、いいかげんにしろ。なんだその食い方は」ヴィンチェンツォが詰《なじ》った。「パンと一緒に食うんだ。それに、てめえら二人だけに口がついてるわけじゃねえんだぞ」

ヴィンチェンツォの身振りで、母親は自分がパンを切る役なのだと理解した。わたしとアドリアーナでパニーノを作り、何周かずつみんなに配った。最終的には一人に三つか四つ行き渡ったが、最初のひとつを父親に渡すことを忘れなかったし、父親もなにごともなかったような顔で受け取った。ジュゼッペまでが垂らした洟《はな》のついたハムをしゃぶっていた。わたしは見かねて顔をきれいにぬぐってやった。わたしとアドリアーナはヴィンチェンツォと一緒に最後に食べた。ヴィンチェンツォが家族全員の空腹を満たしたのだ。そばに来て座った彼と、無言でハムを嚙んだ。すでに満腹になっていたほかのみんなは、一人また一人と台所から出ていった。

「ペリッリ先生がよろしく言ってた」食べおわるのを待って、兄に言ってみた。

「ああ、あいつね。学校をやめるなって言われたよ」

「そう。いまも戻ってきてほしいと思ってるみたい」

「なに言ってやがる。そんなことできるかよ！　こんな髭づらでノートを抱えてのこのこ教室になんか行ってみろ。ガキどもに笑われるだけだ」啖呵《たんか》を切ってみせながらも、ヴィンチェンツォの頰がかすかに赤く染まった。

「先生が、ヴィンチェンツォはすごく頭がいいって」

「だからこそ、学校には戻らないんだ。俺にはほかにやることがあるからな」兄は立ちあがり、いくらも残っていない生ハムを片づけた。

「町で働いてるって言ってたけど、友達の家に泊まってるの？」わたしは、床にこぼれたパン屑を掃きながら尋ねた。

「だからなんだ？　なにか悪いか？　俺の知り合いのロマは、みんなちゃんと家に住んでて、真面目な奴ばかりだ。みんなが考えてるような連中じゃない。おまえは、ポリ公にくだらないことばかり吹き込まれたのさ」

その晩、窓からは月が見えず、寝室は完璧な闇と静寂に包まれていた。わたしは眠ってはいなかったものの、自分の呼吸に気をとられていたせいか、動く気配に気づかないまま、いきなり真上から生温かくて塩辛い息遣いを感じた。ベッドの脇でヴィンチェンツォがタイルの床にひざまずいているらしかった。肌掛けがめくられ、手が伸びてきた。彼の手がそんなにおずおずしていて繊細だなんて、思ってもみなかった。ただし、それは最初のうちだけだった。たぶん、いきなり起こして叫ばれたらどうしようと思ったのだろう。わたしは上辺では無反応を装っていたけれども、その実、全身に鳥肌が立ち、胸の鼓動は激しくなり、粘膜は湿っていた。あのころの自分を振り返ると、確実に目覚めつつあった欲望と、あの家にわたしを戻すことに決めた人から受けた躾《しつけ》とがせめぎ合い、思春期の身体がまるで戦場のようになっていたのだ。わたしの乳房を包み込んだ彼の掌に、勃《た》った乳首が触れた。彼の身体が動き、わたしの脇でマットレスが窪むのを感じたが、具体的にどのような体勢でいるのかはわからなかった。恥丘に指を押しつけられて、わたしは反射的に彼の手首をつかんだ。すると彼は動きを止めはしたものの、おそらくわずかな時間しか持たないだろうし、わたし自身、どれだけ抵抗を続けられるか自信がなかった。

わたしたちは兄妹であることに慣れておらず、心のどこかでまだ疑っていた。わたしは、おなじ血が流れているから彼の手を制止したのではなく、相手が誰だろうと抵抗を試みたのだと思う。わたしたち二人は、後戻りできなくなるぎりぎりの縁で宙づりになったまま、喘《あえ》いでいた。

わたしたちを救ったのはアドリアーナの欠伸だった。残りの夜をわたしの隣で過ごそうと、暗闇のなか、寝ぼけた猫のように梯子を下りてきた。おそらく上の段を濡らしてしまったのだろう。ヴィンチェンツォは不意打ちを食らった獣のごとく、音も立てずに素早く消えた。妹は、兄がいたことに気づかなかった。知る由もないエネルギーで温められた場所をゆずられた妹は、たちまち寝汗を掻きはじめ、そのうちに肌掛けをはいでしまった。わたしもまだ身体がほてっていた。彼のベッドのほうに耳を澄ませると、しばらくもぞもぞと動く音がしていたけれど、やがて静まり返った。わたしと一緒に行こうとしていたところに、独りで到達したのだろう。

翌朝、わたしはいつものように日の出とともにベッドを抜け出し、台所のテーブルで勉強を始めた。あの家は、日中に勉強できるような状態ではなかったのだ。ほどなく彼も起きてきて、わたしの背後で蛇口をひねり、水が冷たくなるのを待っていた。そして、ごくごくと音を立てて飲んだ。わたしは歴史の教科書に顔を伏せて、戦いの記述を眺めていたが、気もそぞろだった。数分のあいだ、わたしの背後にいるはずの彼からは、動く気配がいっさい感じられなかった。やがてわたしの傍らに来て、額にかかっていた前髪をどかすとキスをした。そして、そのままなにも言わずにどこかへ行ってしまった。

19

その日の午前中に届いた封書の飾り文字のような筆跡は、軍警察官《カラビニエーレ》の父の妹、リディアのものだった。宛先には、わたしの名前と、手紙が届けられるべき家の名字、そして村の名前だけが書かれていた。正確な住所を知らなかったのだろう。おまけに、差出人を記すべき面には彼女の住所もなかった。通りの名前もないその手紙を、郵便配達の人はきちんと届けてくれ、わたしの帰りを待って母親が渡してくれた。

「いま読むんじゃないよ。先に昼ご飯の支度をしな」母親の物言いには棘《とげ》があった。

そのころ、母親はわたしに対する苛立《いらだ》ちを隠そうとしなかった。それもこれも、道端で偶然出くわしたペリッリ先生に、お宅のお子さんはとても優秀だから、来年は町の高校に通わせるべきだと言われたからだ。その件について家族がどんな決定をするか、つねに注視し、場合によってはソーシャルワーカーに相談するとまで言われたらしい。郵便局の前で先生と別れた母親には、そんな脅しともつかぬ言葉が残された。

「あの人は、この家のことに口を出すつもりなんだよ。あんたまで、上の子たちみたいにするなってさ。あたしゃ、学校へ行くななんて誰にも言った憶えはないんだけどね」母親が憤懣《ふんまん》をぶちまけた。

「それに、あんたが賢すぎるのはあたしのせいなのかい？　朝の暗いうちから勉強するもんだから、電気代だって余分にかかるけど、なにも言わずにいてやってるじゃないか」
昼食が終わると、わたしの番じゃないのに母親はわたしに皿洗いを命じ、拭いておくようにと言った。普段は水が切れるまでシンクの上に放置してあるというのに。その日、封筒を開けたくてうずうずしているわたしの気持ちを知っていた母は、わざと余分な時間をかけさせたのだった。

リディアが書いてよこしたのは、簡単なメッセージだった。二つ折りにした便箋をひらくと、千リラ札が何枚か、ぱらぱらと落ちた。

あなたが転居した——「転居」という言葉が使われていた——と聞いて心を痛めている。でも、賢いあなたのことだから、きっとどんな環境にも慣れる力があると信じるわ。本当は実の両親のところであなたがどんな暮らしをしているのか様子を見に行きたいけれど、残念ながら家も遠いし、仕事と家事に忙しくて、行かれそうにない。でも、悪い人たちじゃないのよ——リディアはわたしを安心させようとしているらしかった——。あなたのお父さんやあたしにとっては、遠い親戚にあたるの。あなたが本当はあの人たちの娘だって知ってたけど、あたしが伝えるべきことじゃないと思ってた。それに、あなたはずっと兄夫婦と暮らすものだと信じてたから。人生というのは、ときにちょっとしたことで突然変わってしまうものなのね。

そのあと、わたしへの質問がいくつか続いていた。ひょっとするとリディアは、自分の住所を明記しなければ返事の出しようもないことに考えが及ばなかったのかもしれない。最後に、夏になったら休暇を利用して会いに行くと書き添えられていた。とりあえずお金を送るから、なにか必要なものを買ってね、と。リディアもまた、お金のことしか気にかけていないようだった。あたかも、わたしのいる場所に欠けているのはお金だけだというように。

わたしは便箋を手にしたまま、身じろぎもできずにいた。胃のあたりから、酸味を帯びた怒りが川を逆流する波のようにこみあげた。そこへ、ひらひらと落ちる紙に吸い寄せられるように母親がやってきた。紙幣を拾いあげると、わたしのほうへ差し出しながら、二枚ほどくれないかとせがんだ。わたしは無気力に肩をすくめた。母親はそれを同意の仕草ととったらしかった。その時間、家にはほかに誰もいなかった。彼女はシンクの下で屈《かが》み込み、中身の入った瓶や空き瓶、ゴミ箱、ゴキブリの巣などのあいだでなにかを探しはじめた。ところが、あまりのカビ臭さに耐えられなかったのか、カーテンを閉めて向きを変えた。彼女の目の前、数センチのところにわたしがいた。

「わたしのお母さんはどこ?」

「目が見えなくなったのかい?」自分のほうを指し示しながら、答えた。

「もう一人のお母さんよ。いいかげん、あの人になにがあったのか教えて」そう言いながら、わたしはリディアの手紙を投げ捨てた。

「どこにいるかなんて知らないね。あの人とは、あんたが帰ってくる少し前に一度会ったきりだよ。女友達に付き添われて、話をしに来たのさ」母親はいくぶん息を荒くした。口もとの髭が汗で湿っている。

「死んじゃったんじゃないの?」わたしはなおも食い下がった。

「なんでそんなことを言いだすのさ。あんな快適な暮らしをしてるんだから、百歳までだって長生きするだろうよ」母親は苛立った笑いを浮かべた。

「わたしをここに戻すことに決めたときは、具合が悪かった」

「さあ、知らないね」ブラジャーの内側にしまった二枚の千リラ札がずれて、セーターのV字形の襟元からのぞいていた。

「とにかく、わたしは一生この家で暮らすの？　それともいつか迎えにきてもらえる？」わたしはさらに突っ込んだ質問をしてみた。

「あんたは、あたしたちとここで暮らす。それは確かだよ。だけど、アダルジーザのことはあたしには訊かないでおくれ。自分で直接話したらいいじゃないか」

「いつ？　どこで？　誰もなにも教えてくれない」わたしは、母親の顔にむかってわめきちらした。

そして丸めてあった紙幣を彼女の胸もとから抜き取ると、びりびりに破いた。驚愕《きょうがく》のあまり身がすくんだ母親は、とっさには反応できず、止める間もなかった。黒い瞳でわたしを凝視し、闘いに挑む犬のように歯と歯茎をむきだした。冷淡で強烈な平手打ちが飛んできて、わたしはよろめいた。バランスを失って転びそうになり、片足を前に踏み出したところ、たまたまそこに彼女がシンクの下から出したオリーヴオイルの瓶があったものだから、蹴つまずき、瓶が倒れて割れた。わたしたちは身体が硬直したかのように、ガラスの破片や破れた紙幣を越えてタイルの上にじわじわとひろがる半透明の黄色い染みをしばらく見つめていた。

「まだ半分以上残ってたのに。しかも最後の一本だったんだよ。今年のオリーヴの収穫はあんたも手伝うんだね。自分の食いぶちぐらい自分で稼いでもらわないと」そう言いながら、とんだ災難を引き起こした元凶だとして、わたしの頭を何度も叩いた。

耳から上を両手で覆ったものの、隠しきれていない痛そうなところを狙って叩かれた。

「やめて。その子は叩かないで！」そのとき、ジュゼッペを抱いて戻ってきたアドリアーナの叫び声がした。ドアが開く音は聞こえなかった。「うちが掃除するから、姉ちゃんまで叩くのはやめて」妹は母親の腕をつかんで制止しながら、畳みかけるように言った。そうやって、ほかの兄妹とは異なる、わたし独自の存在を護ろうとしてくれたのだ。毎日のように母親からぶたれて育った十歳の女の子に、どうしてそんなことが可能だったのか、わたしにはいまだにわからないが、当時わたしが享受していた、戻ってきたばかりだから、決して手をあげてはいけない娘という特権を護ろうとしてくれたのだった。

母親に突き飛ばされて油まみれのガラスの破片の上に膝をついたアドリアーナは、あまりの痛さに悲鳴をあげた。ベビーサークルにいたジュゼッペまで、それに合わせて泣きわめく。わたしは、床に転んだアドリアーナを助け起こして座らせると、肌にめりこんだガラスの破片を指先でひとつずつ丁寧にとりのぞいてやった。血が、それくらいの年頃の女の子によく見られる産毛に沿って流れた。ドアが勢いよく閉まる音がして、不意に弟の泣き声が静かになった。母親がどこかへ連れ出したのだ。細かな破片をとりのぞくには、どこで手に入れたのか、アドリアーナが持っていた眉毛用のピンセットを使わなければならなかった。「痛っ！」という悲鳴がときおり妹の口から洩れる。消毒する必要があった。

「お酒《スピリッツ》しかないけど……」アドリアーナは半ば自棄《やけ》になっていた。

沁《し》みて痛いと泣き叫ぶアドリアーナと一緒になって泣きながら、わたしは全部自分のせいだと謝った。

「わざとやったわけじゃないやん」妹は許してくれたものの、不安そうだった。「けど、これから七年も災難が続くことになる。これが最初の災難やね。こぼれたオイルは、割れた鏡とおなじくらい不吉なんよ」

その後、男物のハンカチでアドリアーナの膝を巻いた。ほかに包帯らしきものはなかったのだ。ところが、妹が立ちあがったとたん、くるぶしまでずり落ちてしまった。床掃除をするわたしを、妹は手伝ってくれた。ガラスの破片で手を切らないように注意しながら。床に落ちていた手紙と破れた紙幣をアドリアーナがじっと見ていたので、わたしはいましがた起こったことを話した。

「姉ちゃん、いつもはなにも言わんのに、今日いっぺんに吐き出すなんて、どうかしとる」それから、台所をぐるりと見渡して尋ねた。「残りのお金はきちんとしまったん?」

母親が、落ちた紙幣をかき集めてテーブルの上に置いたはずだった。なのに跡形もなく消えていた。台所から出ていくとき、わたしが引き起こした損害の埋め合わせとして持ち去ったにちがいない。母親は、しばらくするとなに食わぬ顔で戻ってきた。彼女はいつだってそうだった。そして、夕飯の支度を始めるから、ジャガイモの皮をむくようにと言いつけた。

「一階の人に、あんたは学校でいちばん優秀だって言われたよ」いつもの無感情な声に、一瞬、得意げな調子が感じられたけれど、わたしの思い込みにすぎないのかもしれなかった。「本の読みすぎで目を悪くしないでおくれ。眼鏡は高いんだから」

それきり、母親は一度もわたしを叩いたことがない。

もう何日ものあいだ彼の姿を見ていなかった。村の人たちの噂によると、野や畑をうろついては、おなじ時間に複数の農場に同時に押し入る窃盗団に加わっているらしかった。

彼が持ち帰った生ハムはあっという間になくなった。残った骨は、わたしとアドリアーナで両端を押さえ、母親がいくつかの塊に切り分けた。インゲン豆を茹でるときにひと塊ずつ入れると、スープが脂っこくなり、味の深みも増すのだ。しばらくおなじ料理ばかり食べていたものだから、胃腸が反乱を起こした。

その朝、妹はお腹が痛いと言って学校を休んだ。わたしが一人で階段をおりていくと、一階のおばさんが足音を聞きつけてドアを開けた。

「今日はなにか不幸が起こるから気をつけるんだよ」藪《やぶ》から棒にそう告げられた。わたしが怪《け》訝《げん》そうな目をむけると、「ゆうべ、あんたのお母さんの寝室の窓で、二羽の梟《ふくろう》が鳴いていたんだ」という答えが返ってきた。

授業が終わって外へ出ると、その時期にしては空気がやたらと生暖かかった。わたしは、朝市が終わって片づけを始めていた露店のあいだを通り抜けて、広場を横切った。豚の丸焼きを売っていた軽ワゴンの前で、旋風《つむじかぜ》が砂埃や紙くずを巻きあげたものだから、露天商は残った焼肉に慌てて布巾をかけていた。その露天商とは、毎週木曜にいつもその場所で顔を合わせていた。

「ここでなにをしとる？　兄さんのこと聞いとらんのか？」

わたしは首を横に振った。

「事故に遭ったらしいぞ。浚渫《しゅんせつ》工事の現場を過ぎたところのカーブでな」

わたしは立ち止まった。どの兄なのか、怖くて確かめられなかった。両親はすでに現場に行っているはずだと露天商が付け加えた。自分が現場までどうやってたどり着いたのか、誰かに送ってもらったのか、記憶が抜け落ちている。

路肩にパトカーが停まっていて、その後ろに二台の車があった。窃盗事件が起こり、誰かが警察《ポリツィア》を呼んだのだ。村の軍警察《カラビニエーリ》は悪党をいつも捕まえ損ねていたせいで、あまり信用されていなかった。刑事たちがマフラーを外したおんぼろスクーターを全速力で追跡していたところ、カーブが砂っぽかったか、油の染みを踏んだかで片方のタイヤがスリップし、乗っていた二人はスクーターごと空中に放り出された。運転していた若者は、ハンドルにしがみついていたお蔭で致命傷を負わずに済み、ただちに病院に運ばれ、手術を受けているらしかった。

ところが、その若者の腰につかまっていたヴィンチェンツォは、手を離してしまい、秋の草むらを飛び越えて、牛の放牧場の柵の上に落ちた。空中を飛んでいたごく短い時間に、自分がどこに叩きつけられようとしているか意識したかどうかはわからない。有刺鉄線の上に首から落ちたのだった。もはや精魂尽き果て、羽ばたく力もなく、運命によって定められた線のむこう側へ行き着けない天使のように。尖った針金の先端が皮膚に食い込んで気管に穴が開き、動脈が破れた。首は放牧中の牛たちのほうをむき、身体は反対側にだらりと垂れ下がり、不自然にねじれた片足が膝の上に交差した状態でヴィンチェンツォは発見された。牛たちは振り返ってその姿を見やったものの、すぐに鼻づらを大地にむけて、また静かに草を食《は》みだした。わたしが着いたときには、熊手の柄《え》に身をもたせかけた農夫が、自分の牧草地にふりかかった死を前に呆然と立ちつくしていた。

医者が到着するまで動かすなと警察に言われた。わたしは木に寄りかかり、少し離れた場所からヴィンチェンツォを眺めていた。なぜかはわからないが、シートをかぶせようとする者もなく、まるで失敗作の案山子《かかし》のように、そのままの姿で好奇の目にさらされていた。弱い風が吹いてきて、ときおりシャツの裾を揺らした。

わたしはざらざらした木の皮に背中をこすりつけながら下がっていき、地べたにうずくまった。どこかから聞こえてくる母親の慟哭《どうこく》は、昼間、子どもたちを怒鳴り散らす声とあまり変わらなかった。やがてそれも静まり、彼女を慰める低い声にとって代わられた。ときおり、神を威嚇するかのように両手を掲げるジェスチャーとともに、父親の呪詛《じゅそ》が天へとのぼっていった。そんな父親を落ち着かせようと、周囲の人たちが腕を抑え込んでいた。

わたしは片方の脇腹を下にして小人のような草たちの上に寝転がり、胎児の姿勢で丸まっていた。誰かがそれに気づいて、近づいてきた。「戻ってきた娘《アルミヌータ》だ」とか、「妹がいるぞ」などと言っている。その声はわたしの耳に届いてはいたけれど、ガラス越しのようにくぐもっていた。肩を揺すられ、髪をいじられ、腋の下から抱え起こされて、座らされた。けれども、わたしは地べたでその姿勢を維持できなかった。人々は、わたしがそこにいることなどおかまいなしで、事故の詳細を語り合っている。バイクに乗っていた二人が、その前に本当に盗みを働いていたかどうかで意見が割れていた。一人は間違いないと断言したものの、どこでなにを盗んだかまでは言えなかった。警察も、バイクから転げ落ちた釣り竿《ざお》二本と、晴れたその日に川で釣った数匹のカワカマスが入った袋を見つけただけだった。おそらく兄は、生ハムのときと同様、家に持ち帰って夕飯のおかずにするつもりだったのだろう。このあたりでこんなに大きなカマスを見るのは初めてだと、二人の男は驚いていた。

山のほうから流れてきた雲の陰に入って陽射しが変化したかと思うと、とたんに空気が冷えてきた。男たちはわたしを農家へ連れていき、水を飲ませようとした。けれども、わたしはそれを拒絶した。しばらくして農家のおかみさんが自分たちの牛の乳をカップに一杯持ってきてくれた。

「お飲み」とおかみさんは言った。

わたしはいったん首を横に振ったものの、おかみさんのなにかが、飲んでみようという気にさせた。わたしの頬を包み込んだ手の厚みかもしれない。ひと口飲むと、血の味がした。ぽつぽつと降りだした雨がカップのなかに入るのを見つめながら、わたしはカップを押し戻した。

ヴィンチェンツォが家に帰ることはなかった。家には通夜ができるようなスペースもなかったからだ。村の教会が、彼の納められたモミの無垢《むく》材でできた柩《ひつぎ》を預かってくれた。買ったばかりのセーターに、ベルボトムのズボンを穿いていた。哀れに思った村の診療所の医師が、大きく裂けた首の傷を縫合してくれた。縫い目は、バイクから放り出されたとき首に刺さった有刺鉄線の形をしていた。その傷が、こめかみの魚の骨のような瘢痕《はんこん》を形成することはない。お香の強烈なにおいが漂う薄暗がりのなか、ヴィンチェンツォの顔は腫れあがり、全体的に土気色だったが、ところどころ不自然に明るく、緑がかって見えた。

　事故のことを最後まで知らされていなかったアドリアーナは、もぬけの殻となった兄のベッドに身を投げ出し、いつまでも声をあげて泣いた。

「これじゃあ、借りたお金だって返せない」不在の兄にむかって繰り返し語りかけながら。

　ひとしきり泣いた妹は、熱に浮かされたような手で、引き出しやチェスト、瓶や缶のなかをかきまわしながら、部屋という部屋を隈《くま》なく調べはじめた。そして、兄の待つ教会へ行く前に、ポケットになにかしまった。柩のまわりでは近所の女衆が忙《せわ》しなく立ち働き、ヴィンチェンツォがあの世へ行ってから役に立つような品々を遺体の隣にならべていた。櫛《くし》、髭剃り、男物のハンカチ。渡し舟の代金としてカロン（ギリシア神話に登場する冥界の河の渡し守）に支払う小銭もあった。そのあとで柩のそばへ行ったアドリアーナは、胸の上で組まれた兄の指に触れ、次の瞬間、びくっと身体をすくめた。まさかそれほど冷たく硬直しているとは思っていなかったのだ。ロマの友達からの贈り物をポケットから取り出して、兄がいつもしていた中指にはめようとしたものの、うまく入らなかったので、仕方なく小指にはめた。それでも指の真ん中まで入れるのが精一杯だった。それから指輪を少し回転させて、銀に彫られた装飾が見えるようにした。

兄との別れを惜しみに来た者はごくわずかだった。親族と、死者を見にいくことぐらいしか気晴らしのない近所のお年寄りたち。ペリッリ先生も弔問に来た。みんなのように十字を切るのではなく、彼の枕もとでしばらく立っていたかと思うと、額にキスをした。

山間《やまあい》の集落から滅多に出ることのない父方の祖父母がやってきて、永遠の眠りについた孫の傍らに座った。わたしは祖父母のことを知らなかったし、赤ん坊のころのわたしを祖父母が憶えているかどうかも定かでなかった。アドリアーナが祖父母の耳もとで、わたしの名前を告げたところ、身体は動かさず、余所者を見るような目で一瞬こちらの様子をうかがっただけで、また自分たちの殻に閉じこもってしまった。わたしの産みの母親は早くに両親と死に別れたので、慰める者もいなかった。

十一時になると司祭は蠟燭《ろうそく》を消して、みんなを家に帰した。ひとり残されたヴィンチェンツォは、教会の彫像たちの動かぬ目に見守られて、地上で最後の夜を過ごしたのだった。

翌朝の説教でわたしが聞きとれたのは、いくつかの単語と、頼りになる案内人に出会えずに道を見失った迷える子羊を、わたしたちの祈りによって、救い主が慈悲深い腕のなかに迎えてくださるだろうという行《くだり》くらいなものだった。教会を出るときに雨がざーっと降りだし、弔問客の黒い傘が、わたしたちを取り囲むように輪を描いた。見知らぬ男の人が、なんと言うべきかわからなかったらしく、わたしの頰にキスをしながら、「祝福あれ《アウグーリ》」と小声でつぶやいた。その瞬間、わたしはなぜか自分がヴィンチェンツォの家族の一員だと強く感じた。

墓地に着くころには雨があがっていた。ヴィンチェンツォのそばに残っている者は何人もいなかった。そのとき、墓穴のむこう側に軍警察官《カラビニエーレ》のお父さんが姿を現わした。背広の襟を立てて、片手で喉もとを押さえている。軽く会釈してわたしに挨拶をしたあと、まるでその位置から話しかけるかのように口を開けたものの、すぐにまた閉じてしまった。ニコラが言ったとおり、鬚を伸ばしていて、以前より少しだらしないように見えた。あれほど待ちわびた再会のはずなのに、わたしはほとんど無反応で、歩み寄ることもなかった。どのみち、なにを訊けばいいのかもわからなかった。数分後にはもう、その姿は消えていた。

ロマの仲間たちも来ていて、少し離れたところで固まっていた。雲間からそこだけに陽光が射していた。四人いて、そのうち三人は兄とおなじくらいの年頃だったが、一人は大人のように見え、襟の大きな紫色のシャツを着て、胸もとに喪服用のボタンをつけていた。四人とも、ぴかぴかに磨かれた靴を履き、日曜に出掛けるときのように、濃い茶色の髪をオールバックに梳かしてグリースを塗っていた。ただその場にいることによって、自分たちの仲間に敬意を表したのだった。

柵のむこうでは、馬たちが彼らを待ちながら、自由に歩きまわっていた。

21

わたしたちは冷えびえとした家に帰った。その晩、例年よりも早く山々が冠雪し、数時間前から冷たい風が谷に吹きおりていた。建て付けの悪い窓ガラスががたぴしと鳴り、どの部屋にも隙間風が容赦なく吹き込んだ。葬儀のあいだ子守りをしてくれていた近所の人が、ジュゼッペを腕に抱かせようとしたところ、母親はそっぽをむいてしまった。アドリアーナも受け取ろうとしない。仕方なくわたしが抱き、そのまま椅子に腰掛けて、壁に頭をもたせていた。腕にあまり力を入れずに身体を軽く支えていたので、弟は信用できないと感じたらしく、じっとしていた。ほかの階に住んでいる奥さんたちが、慰めのご馳走《コンソロ》として、食べ物や飲み物をテーブルの上に用意してくれていたが、誰も手をつけようとしなかった。

しばらくするとジュゼッペがむずかりはじめたので、床におろしてやった。すると、黒い喪服を着た母親の足もとまで這っていき、なにか問いたげな大きな目で下から顔を見あげた。母親だって、悲嘆のむこうに弟の姿が見えていないはずはない。それなのに、ジュゼッペを避けて通り、寝室のベッドに身を投げ出すと、翌日の午後まで出てこなかった。出産のあとのように、近所の奥さんたちが代わるがわる温かなスープを枕もとまで運んだが、そのたびに口をぎゅっと結ぶのだった。

その何日かは、食事のたびに近所の人たちがわたしたち兄妹を交代で招いてくれた。けれども、わたしは家に残り、あり合わせのものとパンを食べているほうがよかった。アドリアーナが近所の家の台所からわたしの分をもらってくることもあった。

夜になると、肌掛けの下でもぞもぞと動くヴィンチェンツォの気配を感じるような気がした。すると、彼が死んだなんていうのは夢か、あるいは巧みに仕組まれた冗談だったのだと思えた。ときには、まがいもなく彼の体臭が寝室に漂ってくることもあった。そのあとで、彼のいない現実に戻るのはたまらなくつらかった。暗闇でわたしを求めてきたときのように、息が顔にかかるのを感じて、はっと目を覚ますこともあった。

まんじりともしないで過ごす夜に現われるのは、ヴィンチェンツォ一人ではなかった。墓地でちらりと見かけただけだったのに、下半分を鬚で覆われたお父さんの顔が執拗《しつよう》に頭に浮かんだ。その目つきは、険しいというよりも悲嘆に暮れていた。もはやわたしと話すことを放棄したにちがいない。あるいは、家に連れて帰ってほしいとしつこく懇願されるのを怖れていたのかもしれない。いいや、彼の眼差しにはそれ以上のなにかがあった。無言の非難に対する重圧とでもいえばいいのだろうか。もしも、わたしを家から追い出す決定を下したのが彼だとしたら？　それまで、そんな可能性は考えてもみなかった。それにしても、わたしがどんな罪を犯したというのだろう。学校の廊下で男子とキスしたことを告げ口されたのかもしれない。でも、そんな些細《ささい》なことで娘を手放すはずがない。それくらいのことは、まだ子どものわたしにも、わたし夜中に大きく膨らんだ妄想のなかでも理解できた。なにか過ちを犯したのだとしたら、わたしの記憶にはないことのはずだった。

それからしばらく、母親は身体を横向きにしてベッドに寝転び、目は虚《うつ》ろに開けたままで大方の時間を過ごしていた。ジュゼッペはそんな母親のそばから片時も離れたがらず、だだを捏《こ》ねることもなかった。二日前まで飲ませていたわずかばかりの母乳も、乳房のなかで干上がってしまった。その投げやりな温もりのなかで、ジュゼッペは母親にすり寄って丸くなっていた。ベッドに横たわった母親の身体を乗り越えたり、まわりを回ったりしながら。はじめのうちこそ何度か試みていたものの、やがて母親の注意を引こうともしなくなった。しょせん無駄だと悟ったのだ。それでも、ときおり大きな声で突然わめき、そのたびにわたしが駆けつけた。とはいえ、部屋でしばらく様子を見守るだけで、どうすることもできなかった。母親が虚ろな目でこちらを見やるので、結局わたしは、ジュゼッペを抱きあげて部屋から連れ出すしかなかった。

そのうちに、ようやく母親がベッドから起きてくるようになり、歩きまわりはじめた姿を見た近所の奥さん方は、わたしたちの世話を焼くのをやめた。ところが母親ときたら、家のなかではなにもしないくせに、少しでも体力があると国道に沿ってふらりと歩きだし、糸杉の生えている道まで行くのだった。いつだって黒い服しか着ようとせず、ぼさぼさの髪は冬の木の枝にかろうじて残る葉のようだった。ある朝、わたしが一緒に行ってもいいかと尋ねると、彼女は無言でこちらを見返した。そこでわたしは、母親の一歩後ろをついていき、ひと言も交わさずに二キロの道のりを歩いた。ヴィンチェンツォが土のなかに埋まっているところまで来ると、母親は生気を取り戻した。死んだヴィンチェンツォは、彼女にとってただ一人の大切な子どもだったのだ。

帰る道すがら、またしても一歩前を行く母親のことをわたしは観察した。彼女の歩みに合わせて自分の足の動きも調節しながら。道端の斜面の草が脚に触れるのすら感じないらしかった。ときおり道の端からセンターラインのほうまで出てしまっても、危険を察知できない。わたしが軌道を修正するよりも早くクラクションが鳴り響き、母親を縮みあがらせた。わたしの苦悩はたちまち怒りへと変わり、心の内で焔《ほのお》がめらめらと燃えあがった。無鉄砲だった息子を失って悲嘆に暮れた母親が目の前にいた。彼女の頭には木の箱に閉じ込められた息子のことしかなかった。死なずにいるわたしに対しては、なんら感情が動かないのだ。生まれて数か月の赤ん坊だったわたしを手放したときは、こんなふうに自暴自棄にならなかったはずだ。わたしは彼女に追いつき追い越すと、そのまま歩きつづけた。車に轢《ひ》かれないか、後ろを振り返って確認しようとも思わなかった。わたしには彼女を護る義務などない。


それから何日かしたころ、ペリッツリ先生がアパートの玄関のインターフォンを鳴らして、わたしとアドリアーナはいないかと尋ねた。先生に家のなかを見られるのは恥ずかしかったので、わたしたちが下におりた。

「明日から、二人とも学校に戻りなさい」先生は命令口調でそれだけ言うと、行ってしまった。エンジンをかけたままの車のなかで、旦那さんが待っていたからだ。

「学校には行くけど、行きたいからなんよ。あいつに言われたからやない。うちの担任でもないくせに」アドリアーナは階段をのぼりながら憤慨していた。

学校から帰ってくると、わたしとアドリアーナとで家族全員分の食事を作らなければならなかった。たいていはパスタの浮いたスープだったが、最初のうちわたしは、鍋に入れる水の量が少なすぎたり、パスタを茹ですぎたりと失敗ばかりしていたので、つねに妹に見張られていた。

「本当に不器用やね」そのたびにアドリアーナはげんなりした様子だった。「鉛筆以外のもの持ったことないん？」

アドリアーナは買い物のやりくりも上手だった。八百屋でジャガイモを一キロ買うと、人参《にんじん》と玉葱《たまねぎ》をおまけしてもらって野菜スープの材料にしたし、肉屋へ行けば、挽き肉を二百グラムだけ買って、飼ってもいない犬のために屑肉を分けてもらった。むろん屑肉も茹でて、自分たちで食べるのだ。さいわい、いまではもう、当時食べていたようなものを口にすることはなくなった。茹で肉なんて、においを嗅ぐだけで吐き気がする。

「付けにしておいて。月末には父さんが支払いに来るから」どの店の主《あるじ》にも、アドリアーナはそう約束した。品物の入った袋を素早く受け取り、そんなふうに淀《よど》みなく答えるアドリアーナに、店の人たちは警戒心を抱く暇もないようだった。妹の後ろで突っ立っているわたしは、物言わぬ援軍にすぎなかった。店の人たちはこちらをちらりと見やりながら、無言で相手した。

店の外に出てからも、そんな彼らの視線にさらされた居心地の悪さがつきまとうのだった。

そのくせ妹には繊細なところもあった。なにかあるたびに、一階に住んでいる独り暮らしのおばさんのところへ逃げ込んだ。そして、家事を手伝ったり話し相手になったりする代わりに、愛情と滋養をもらっていた。弟のジュゼッペも一緒に。「でなきゃ、こいつ死んじゃうやん」ある晩、うとうとしている弟を抱いて階段をのぼっていたアドリアーナの口から、そんな本音がこぼれた。

　母親は、空腹を少しも感じないだけでなく、わたしたちがお腹をすかしていることにも無頓着だった。父親は、煉瓦工場の帰りに食料品店がまだ開いていれば、塩漬けの鰯《いわし》やモルタデッラ（豚の脂の入ったソーセージの一種）を買って帰った。あとは、わたしたちの作るパスタ入りスープで空腹を満たし、料理をしない妻を咎めることはなかった。

　午後、母親が台所で両手を食卓にのせたまま、じっと座っていることがあった。その時間帯、家にはほかに誰もいなかった。わたしはパンを切り、オリーヴオイルに浸して皿に載せると、母親のほうにそっと押した。ただし、あまり近づけすぎないように。そうして、わたしもむかいの席に座って食べはじめた。指でつつきながら、お皿をもう少しだけ母親のほうに寄せる。無理強いさえしなければ、つられて母親もひと切れつまみ、かじることがあった。食べ方を忘れた人のように、ゆっくりと噛んでいた。

「塩がかかってない」そんなとき、母親がふと口にした。

「ごめんなさい。忘れてた」わたしは塩の小瓶を手渡した。

「べつになくてもいい」そして、手に持っていたパンの切れ端を全部食べた。

　それからまた、母親は何日も黙りこくっていた。またしても声を呑み込んでしまったかのように。

そんなある日曜のこと、野菜スープを作ろうと玉葱を切っていたわたしを見て、母親が吐き出すように言った。

「毎日スープばかり食べて。トマトソースぐらい作れないのかい？」

「作れない」

「オイルをひいて、炒めるんだよ」玉葱が小麦色になって香りが立ちのぼるまで待った。それから、八月に煮詰めたトマトの瓶を母親が開け、わたしが鍋に注ぎ入れた。母親は、火加減と、加えるべき香草を教えてくれた。

「パスタが茹であがったら、あたしが湯切りをするから。不器用なあんたにやらせたら、やけどするに決まってる」そうも言った。

トマトソース味のリガトーニ（太いマカロニ型のパスタ）を家族の人数分の皿に盛ると、みんな久しぶりにまともな夕飯にありつけて嬉しそうだった。ただし、誰も口を利かなかった。母親はあまりソースのかかっていないパスタを三、四本だけよそわせた。そして、ヴィンチェンツォが生きていたときとおなじように、みんなと一緒に食卓についた。テーブルの下の膝に皿をのせて、うつむいたまま食べていたけれど。

22

クリーム色のメルセデス・ベンツが空き地の中央に停まると、なにごとだろうという顔つきの子どもたちがまたたく間に集まってきた。車から二人の男が降りてきた。一人は口髭をたくわえ、もう一人は白い鍔広《つばびろ》の帽子をかぶっている。わたしはその様子を窓から見ていた。なにか尋ねられた男の子が、こちらを指差した。ロマのように見受けられるその男たちに、わたしは少し恐怖を感じた。ところが男たちは呼び鈴を鳴らすわけでもなく、ボンネットによりかかり、煙草を吹かしながらなにかを待っていた。わたしは姿を隠して、ときどき上から様子をうかがった。

通りのむこうに、煉瓦工場から歩いて帰ってくる父親が現われると、二人は吸い殻をアスファルトに投げ捨てて、見知った仲のように近づいていった。父親はかすかに歩みを緩め、距離をおいたところから二人を見やったものの、無視してアパートの玄関にむかおうとした。二人がその行く手を塞ぐ。身振りから、口髭の男がまずなにか言ったようだった。家にあがらせろと求めているのだろう。わたしは話し声が聞こえるように窓の鎧戸《よろいど》を開けた。

「誰がロマなんか家に入れるものか。ここで用件を言え」

エンジンを吹かす音がして返事が掻き消され、次いでふたたび父親の声がした。先ほどよりも口調が険しくなっている。

「たとえ息子があんたらに金を借りてたとしても、俺の知ったこっちゃないし、知りたくもねえ。金なら、あいつのところへ行って探してくれ」

近くにいるほうの男が父親の腕をつかんで落ち着かせようとしたが、払いのけられた。その弾みに男の帽子が脱げ、白い塊となってくるくる飛んでいった。窓に張りついていたわたしのそばにアドリアーナも来て、二人して息を殺していた。

それ以上は何も起こらず、二人の男は車に乗り込んで走り去った。父親はドアを荒々しく閉めて、家に入ってきた。

それから数日後のこと、下校途中のわたしとアドリアーナの脇に一台の車がならんだ。けれども、乗っていたのは別の人たちだったし、ちらりと見たかぎり、車もこのあいだのよりずいぶんと小さく、おまけに何か所か凹んでいた。アドリアーナがわたしの手をつかみ、クラスメートの集団にまぎれこんだ。それでも車は、歩道を歩くわたしたちの横をおなじ速度でつけてくる。ときおり少し追い越しては、停まって待っていた。広場を過ぎるとほかの子たちは曲がってしまい、わたしたち姉妹は二人きりになった。すると、運転していないほうの若い男が車を降りて、薄ら笑いを浮かべて近寄ってきた。妹が、じっとりとした掌でわたしの手を握った。手をつなぐのは、回れ右をして走りだす合図だと、前もって決めてあった。そのときは、めずらしく妹のほうが怖がっていた。ロマが子どもを誘拐するという噂を聞いていたからだ。わたしたちは走って学校のほうへ引き返したものの、煙草屋の角を曲がったところで、追いかけてきた男と鉢合わせになった。

「なにも逃げることはないだろう。きみたちを困らせるつもりはない。訊きたいことがあるだけだ」

二十歳前後のその男は、近くから見ると威嚇的なところはなく、むしろ魅力的ですらあった。アドリアーナも安心したらしく、わたしの手を離すと、顎だけ動かして、だったら話しな、という合図をした。男は、女の子二人をどのように扱えばいいのかわからなかったのだろう。ぎこちない優しさで尋ねた。ヴィンチェンツォからなにか預かってないかな？　俺たちに……友達に渡してくれって言ってなかった？　どこかにしまってあるはずなんだけどね……。

「兄ちゃんは、自分が死ぬなんて知らなかったんよ。なにも預けるわけない」

アドリアーナのきっぱりとした口調に怯《ひる》みながらも、男は、バイクを買いたがっていたヴィンチェンツォに金を貸したのだと説明した。事故の起こる数日前に、金を返す準備ができたと連絡があったそうだ。その金を探してくれないか、というのだ。

「そんなお金、家に持って帰るわけないやん。兄ちゃん、河川敷のどこかに掘っ立て小屋を建てて、自分の物は全部そこに隠してたみたいなんよ」アドリアーナは機転を利かせて嘘をついた。そして相手をさらに混乱させるために、小屋のある場所の目印を適当にでっちあげた。お蔭で、わたしたちはヴィンチェンツォの借金取りから逃れることができた。

昼食のあと、古い靴の空き箱を小脇に抱えたアドリアーナが、物置まで一緒に来てと耳打ちした。

「兄ちゃんがあの世に持ってった指輪は、このなかに入ってたん」階段の途中でアドリアーナが言った。「ほかにもいろんなものがしまってあるから、調べてみよう」

二人で物置に閉じこもった。兄の秘密の世界に通じる箱の蓋を開けたのは、わたしだった。この家のではない鍵の束、真新しくてぎらりと輝くジャックナイフ、身分証明書（写真は指名手配犯のようだった）の入った財布、そして中になにかが入って膨らんだ片方だけの靴下。用心しながら手を入れてみたところ、指が触れた瞬間に中身がわかった。ゴム紐で束ねられた紙幣が現われると、アドリアーナの顔が青ざめた。一万リラと五万リラと十万リラの紙幣だった。ロマたちが探していたのはこれにちがいない。本当にあの男たちのものなのか、ヴィンチェンツォが日雇いの仕事で稼いだ現金をバイクの資金として貯めていたものなのかはわからなかった。

アドリアーナは指の腹で紙幣の感触を味わっていた。小額の硬貨でさえ滅多に手にできないというのに、はるかに高額の紙幣に触るのはおそらく初めてだったのだろう。我を忘れているようだった。

「このお爺《じい》さんは誰？」五万リラ札に描かれたレオナルド・ダ・ヴィンチの顎鬚を撫でながら、妹は尋ねた。周囲のがらくたの陰に誰か人でも隠れているかのように、声を潜めている。

「これをどうするつもり？」その質問は、妹だけでなく、わたし自身にもむけられていた。

「多すぎるよ。こんなに持ってるわけにはいかない」

「なに言ってるん。お金は多すぎるなんてことない」そう言いながらも、札束を握った妹の指は震えていた。

アドリアーナの昂ぶった様子に、わたしは驚いた。いかにも物欲しげな眼差しが札束に注がれている。渇望を知らずに育ったわたしは、飢えた兄妹に囲まれた余所者だった。以前の生活で手にした特権によって、わたしだけが家族のなかで特別な存在であり、みんなから孤立していた。わたしはあくまで戻ってきた娘《アルミヌータ》だったのだ。みんなと違う言葉を話し、自分が誰の子かもわからない。迷わずに自分の母親だと断言できる人がいるクラスメートたちや、アドリアーナまでが妬ましかった。

妹は買いたい物を次から次へと挙げていった。札束が彼女の顔を下から照らし、強烈な物欲に目がぎらついている。物置の天井から吊るされた白熱灯の下で、これでテレビが見れるね、兄さんのためにすべすべの墓碑を立てるんよ、父さんに新車を買ってあげようよと、妹が壮大すぎる夢を膨らませるたびに、わたしは打ち消してがっかりさせる役回りだった。

「足りるわけないでしょ」熱でもあるかのように妹のおでこを触りながら、わたしは言った。

「姉ちゃんの言うことはちっともわからん。多すぎるって言ったり、足りないって言ったり、どっちなん？」アドリアーナはしだいにいらいらしはじめた。

そのとき、すぐ傍らでかすかな物音がして、妹がびくっとした。段ボール箱の下でなにか動く気配がする。足で段ボールをずらすと、細いしっぽが干しピーマンの入った箱の後ろに消えた。

「やっぱり」アドリアーナがつぶやいた。「ここには置いとけんよ。ネズミにかじられちゃうやん。部屋に持ってこ。でも、セルジョに見つかったらおしまいやから、いつも耳を澄まして用心してないと」

その日の夕方、葬儀屋が訪ねてきた。あのころは、しょっちゅう誰かが父親の帰りを待ち受けていた。村人たちから「死体運搬人《カッリアモルティ》」と呼ばれていたその男は、挨拶もそこそこに、ヴィンチェンツォの葬儀代の少なくとも半額を支払うよう要求した。父親は、もう少し待ってくれと懇願した。煉瓦工場が倒産の危機にさらされていて、もう何か月も給料の支払いが滞っているからと。

「給料を受け取ったら真っ先にあんたに返す。亡き息子にかけて誓うよ」そこまで言っても、葬儀屋は一週間の猶予しかくれなかった。

わたしと妹は、互いの顔を見ないように下をむいたままで話を聞いていた。二人とも頭のなかでは翌日のことを思い描いていた。一緒に買い物に行く計画だったのだ。わたしたちは、昼休みのあと午後にまた店が開くのを待って、刺すように冷たいみぞれのなかを出掛けた。アドリアーナのコートが大至急必要だったので、まずは村で一軒だけの洋品店へむかった。ジャガイモに頭だけがちょこんと載ったような女主人が切り盛りしていた。腕をほとんど動かさず、両脇にだらんと垂らしている。短くて太い指も、必要最低限しか動かさなかった。それでも店内は明るく照らされていて、埃っぽい古い服地のにおいがした。石油ストーブの心地よい暖かさがわたしたちを迎えてくれた。一方、女主人は訝るようにこちらを見定めている。

「子どもだけで服を買いにきたのかい？　そうだった、あんたたちの家は兄さんが死んで、母親はそれどころじゃないんだね。かわいそうに、いつも墓地にいるんだって？　あの人があれほど悲しむだなんて、誰も思っちゃいなかったよ」それだけのことをひと息にまくしたてた。

「お金は持ってるんだろうね」

　アドリアーナは女主人の鼻をこするくらいにレオナルド・ダ・ヴィンチが描かれた五万リラ札を突きつけると、丁寧に二つ折りにしてポケットにしまいなおした。それから、フォレストグリーンのローデンコートをじっくり選んだ。サイズは大きめにした。

「中学に通うようになってからも着られるように」妹は、鏡の前で背中のプリーツを見ながら店主に言った。カウンターの上では、裏返しに脱いだままの、つんつるてんの古いコートがほつれた裏地をさらしていた。

　数時間後、新しいモカシン靴を履いたアドリアーナが、できるだけ靴を傷めないように、足先をぎゅっと縮めて家路を急いでいた。チーズやらおやつやらをたくさん買い込んだわたしたちは、午後じゅうかけた大量の買い物をどのように釈明すべきか決めかねていた。中身の入ったお財布を拾ったの。そんなふうに言い訳するつもりだった。

「買ってきた食料は、物置に隠さないで、みんなで一緒に食べよう」アドリアーナは寛大だった。

　誰にもなにも訊かれなかった。母親は相変わらず悲嘆に暮れていたし、父親は借金のことで頭がいっぱいだった。二人の兄は、わたしたちがお盆にならべたヌテラ（ヘーゼルナッツのクリーム）を塗ったパンをひたすら頬張った。ジュゼッペにはスプーンで口に入れてやった。

それから一週間、わたしとアドリアーナは欲しいものを買った。といってもほとんどが駄菓子で、金額は高が知れていた。

次に葬儀屋が訪ねてきた夜、わたしたちは寝室から父親を何度も呼んだ。そして、ようやく寝室に現われた父親の手に、紙幣を握らせた。

こうしてヴィンチェンツォは、葬儀代を自分で工面したのだった。

23

クリスマス休暇まであと一週間という日のこと、昼食の時間、むきだしのテーブルの上にオレンジが二ケース置かれていた。あの家ではオレンジなんてそれまで一度も見たことがなかった。隣には、積み重ねられた缶詰がいっぱいに入った段ボール箱。ツナ缶もいくつかあったが、大半がミート缶だった。午前中、わたしとアドリアーナが学校に行っているあいだ、誰かが遅まきながらお悔やみに訪れたのだろう。柑橘《かんきつ》類の芳香にまじって、もうひとつ別の香りが、まるで夢のように不確かながらもかすかに感じられた。

ジュゼッペが部屋の隅にしゃがんで泣きべそをかいていた。知らずにオレンジの皮をかじってみたら、苦かったのだろう。寝室から、缶詰をひとつ開けて食べなさい、弟の面倒もみるのよ、という母親の声が聞こえた。頭痛がするからと横になったきりで、食事の支度はなにもしていないらしかった。母親は、何日か前から少しずつ家事をするようになったものの、ときどきふいにベッドに戻り、目を虚ろに開けたまま何時間も横たわっていることがあった。

わたしは、皮に残っていたジュゼッペの小さな歯跡に爪を入れてオレンジをむき、ひと房だけ口に入れてやった。弟は最初、すっぱい果汁に目をしばたたかせ、唇をひん曲げていたけれど、慣れるにしたがって甘みもわかるようになり、もっととせがんだ。アドリアーナがミート缶をひとつ開け、二人で代わり番こにフォークでつつきながら、じかに缶から食べた。そのあとアドリアーナは弟を連れて一階のおばさんのところへ行ってしまったので、わたしは独りになった。両親の寝室は静まり返っていた。

その日の午後は宿題もなかったので、わたしは家のあちこちを所在なくうろついていた。胸がざわざわした。テーブルの上に鎮座した何キロもの果物の鮮やかな色。海辺のお母さんはビタミンCに固執していて、バレエのレッスン日には、教室までの車のなかで食べるようにと、皮をむいたオレンジ二つを決まってわたしに持たせたものだった。運動の前に食べると身体にいいのよ、と言って。わたしは考えごとに捉われたまま、まっすぐ納戸にむかい、何足もの靴がごちゃごちゃに入った袋を引っ張り出した。八月にあの家へ戻されたとき手に提げていた荷物だ。なかを調べてみた。指が、記憶を頼りに底のほうにあったトウシューズを探り当てた。台所まで持っていき、チェック柄のスカートの足もとに履いてみた。繻子《しゅす》のリボンがいくらか汚れて、ほつれている。夏休み明けが毎回そうだったように、足の親指がすぐに痛くなった。窓からは菱形《ひしがた》のひんやりとした陽光が脚の上に注いでいた。足首のあたりを触ってみても、ふくらはぎの筋肉の鍛えあげた痕跡はなかった。筋肉はまだいくらか残っていたけれど。わたしは柔らかい手で椅子の背もたれをつかみ、第五ポジションをとると、爪先立ちになってみた。それからバットマン・タンジュのエクササイズをし、最後はプリエで締めくくった。

「あんたを町に呼び戻して高校に通わせ、そういう素敵な習いごとも続けさせるべきだって、あの人に言っておいたから」ふと気づくと、寝室のドアの敷居に母親が立っていた。賞讃の証しであるかのように、両手をひらいてみせた。「今朝アダルジーザが訪ねてきて、あんたのことを話し合ったんだ。どのみち、あたしも父さんも、あんたが戻ってきてから、ずっとそうするのがいいと思ってた。ペリッリ先生に偉そうに言われなくてもね。あんたは、ここにおいておくのはもったいない。ここには馴染《なじ》まないよ。来年の秋になったら、いい高校へ通いなさい。アダルジーザもおなじ意見だ」

やっぱり、オレンジの陰に潜んでいた香りは夢じゃなかったんだ。

「じゃあ、また引き取ってもらえるのね」言葉を口にするそばから、歯のあいだで声が砕けた。わたしは椅子にしゃがみ込んだ。両脚ががくがくと震えているのは、エクササイズのせいではなかった。

「そうじゃないさ。夏休みが終わる前に、あの人が下宿先を探すことになったよ」

「なんでわたしがいないときに来たの？　帰るまで待っててくれてもよかったのに」

「車を運転してた友達が急いでたらしい。アダルジーザは、最近までヴィンチェンツォのことを知らずにいたと言って、お悔やみに来たのさ」

「お父さんがお葬式に来てたんだから、知らなかったはずないでしょ」

「あんたの叔父さんが話さなかったんだろうよ」わたしの発言はあっけなく否定された。

「そんなはずない。あの人、元気だった？」

「ああ、調子は悪くなさそうだったね」母親は素っ気なく答えると、斜め四十五度を振りむいた。「見たかい。こんなにたくさんのものを届けてくれたんだ。そろそろ片づけないとね」母親は缶詰を吊り棚にならべだし、肝心な話になると、いつもの意図的な沈黙のなかに閉じこもってしまった。そうなるともう、小声で独り言をつぶやくばかりで、わたしの質問が彼女に届くことはない。ヴィンチェンツォの死のショックからいくらか立ち直りはじめたころから、それが彼女の習い性となっていた。缶詰相手に、中身はなんだいと尋ね、吊り棚には、あんまり高すぎて手が届かないよと愚痴をこぼし、亡き息子には、いまごろどこにいるのかねえと問いかけた。

わたしは椅子に座ったままで、手伝おうとしなかった。胃の奥で凶暴な怒りの種がふつふつと発酵していた。最初は力が奪われ、血管という血管から血液が吸いとられた感覚になった。疲れきった老婆さながらに、やっとの思いでトウシューズを脱いだ。しばらくすべすべの繻子を撫でてから、かつて無邪気だったころの足のにおいを求めて靴の内側を嗅いだ。即効性のある注射でも打ったかのように、破壊的なエネルギーがにわかに全身を駆けめぐり、わたしはオレンジに右手を伸ばした。たまたま、それがこの世でいちばん手の届きやすい場所に置かれていたのだ。つかんだオレンジには、ぶにょぶにょに腐ったところがあった。そこに、野性と化した指を突っ込んだ。指がオレンジの中心部を貫き、反対側の皮に到達するまで。わたしの手も、オレンジも、彼方の太陽のようなその色も、小刻みに震えていた。腐った果汁が手首を伝ってセーターを濡らした。どれほどの時間が経過したかわからない。気がつくと、壁をめがけてやみくもに投げつけていた。母親の頭の数センチ上をかすめた。彼女が振りむく暇もなく、わたしはテーブルの上に放置されていたケースを払いのけた。オレンジが転げ落ちて、床の上を四方に散らばった。

「どうしたの？　気でもちがったのかい？」

「わたしは荷物じゃない！　勝手にあっちへやったりこっちへやったりしないで。お母さんに会いたいの。あの人がどこにいるのか、いますぐ教えて。一人で会いに行くから」わたしは仁王立ちになってわなないた。

「さあ、どこにいるんだか。前に住んでた家にはいないよ」

母親のほうににじりより、わたしの身体とシンクのあいだで身動きできないようにした。そして、黒い服を着た両肩を鷲《わし》づかみにすると、容赦なく揺さぶった。

「だったら弁護士のところへ行って、四人まとめて訴えてやる。まるで玩具のように娘をあげたりもらったりしてるってね」

そう言い捨てると、わたしは家を飛び出し、そのまま戻らなかった。間もなく夕闇が訪れて、全身が凍てついた。人目につかない空き地の隅で、家々の窓に明かりが灯《とも》り、そのむこうで女の人たちが忙しなく動きまわるのを眺めていた。どの人もみな、産んだ子を自分で育てている普通の母親のようにわたしの目には映った。まだ夕方の五時だというのに、早くも夕飯の支度に余念がなく、冬の季節にふさわしい、ぐつぐつと煮込む手のこんだ料理を作っていた。

あれから何年もの歳月を経たいま、わたしは当時抱いていた「普通」に対する混濁した概念さえも見失い、母親というものがどのような場所なのか、まったくわからずにいる。健康だとか、雨露をしのげる場所だとか、安心といったものと同様、いつも手に入れたいと心から願うばかりで、一向に叶《かな》わない。それは執拗につきまとう空虚感であり、知覚はできるけれども乗り越えられないものなのだ。なかをのぞくと眩暈《めまい》がする。そこにひろがる荒涼とした風景が、夜になるとわたしから眠りを奪い、かろうじて手にした睡眠にまで忍び込み、悪夢を見せる。わたしがつねに失わずにいたのは、そんな恐怖を生み出す母親だけだった。

その晩、アドリアーナがわたしを探しにきてくれた。二つの街灯の電球がどちらも切れていたので、暗い空き地が怖かったらしく、アパートの玄関からあまり離れずに、暗闇にむかってわたしの名を呼んだ。迷い猫のような妹の呼び声を無視するのは心が痛んだけれど、懸命に堪《こら》えた。こちらからはその姿が見えていた。妹も上着を羽織らずに出てきたので、暖をとるために足踏みをし、手で腕をさすっていた。お願いだから中に入って。わたしは胸の内でそう懇願した。その一方で、奥底ではこうも願っていた。もう少し待って。心の準備ができるまで待ってて。わたしの思いが届いたらしく、アドリアーナは声に出して答えた。

「出てこないなら、うちもずっとここにいる。病気になったら姉ちゃんが責任とってよね。ほら、もう鼻水が垂れてきた」

わたしはしばらく辛抱したものの、とうとう降参し、ひとつだけ点いていた街灯の下に移動した。わたしを見つけた妹は、まっしぐらに駆けてきて抱きついた。

「まったく、完全に頭がどうかしとる」冷えきって感覚のなくなったわたしの背中をさすりながら、アドリアーナが言った。「家出したくなったら、うちのことを思い出すんよ」

わたしはお腹がすいていなかったので、そのままベッドへ入った。閉まったドアのむこうから台所の話し声が洩れ聞こえた。そのうちに誰かが寝室に入ってきたので、寝たふりをした。

スリッパをひきずる音で、母親だとわかった。わたしがまだ起きていることに気づいたのだろう。

「これを胸の上に置いて寝るんだよ。そうすれば熱が出ないからね」そう言って、母親は肌掛けをめくった。

オーブンで煉瓦を温め、やけどをしないように端切れでくるんでくれたのだ。煉瓦の重みの下から心地のいい温もりがじんわりとひろがって心臓まで届き、鼓動が穏やかになった。

母親は物音も立てずに出ていったらしく、わたしは短いけれども深い眠りに落ちた。その晩、熱があがることはなかった。

24

学校が休みに入り、真夜中に教会の鐘が長く響きわたったので、クリスマスが訪れたことに気づいた。わたしはベッドのなかで鐘の音を聞いていた。ミサには行かなかったし、魚料理のご馳走もいっさいなかった。夕飯のメニューはパン粥だったが、それまで毎年クリスマスに食べていた鰻《うなぎ》のトマト煮込みよりも好きだった。鰻は、あのぬるぬるした食感がずっと好きになれなかったのに、お母さんの望みどおり伝統を重んじるために、無理して食べていたのだ。

午前中には、うちがまだ喪中であることを憶えていた近所の奥さん方が、それぞれにクリスマスの正餐《せいさん》のための料理をお裾分けしてくれた。カルドン（アーティチョークの野生種）と溶き卵のスープ、ミートボール入りのティンバッロ（パスタやチーズや野菜などをパイのような生地に包んで焼いたもの）、カンツァーノ風七面鳥のゼラチン添え。煉瓦工場の経営者は二十四日の夕方になってようやく、未払いの給料のうち、とりあえず一か月分を工員たちに支払った。それで父親が帰りに食料品店へ寄り、トローネ（ナッツ類の入ったヌガー菓子）を二本買ってきた。七面鳥を食べおわると、トローネを割ってみんなでかじりながら、いつもよりも長い時間、食卓にとどまった。誰よりも食い意地が張ったアドリアーナは、ぐちゃぐちゃ音を立てて噛んでいた。ところが、とつぜん悲鳴をあげて飛びあがり、顎を押さえて駆けだした。追いかけていくと、寝室に入って泣いていた。

そばへ行ったわたしに、大きく口を開けて、黒ずんだ奥の乳歯を人差し指で触ってみせた。

中央にぽっかりと開いた穴に、白っぽいアーモンドのような欠片《かけら》が刺さっていた。それが、しばらく前から鋭くなったり治まったりを繰り返していた痛みを呼び覚ましたのだ。トローネの欠片を取り除くために、アドリアーナはポケットに入れていた楊枝《ようじ》で虫歯をさんざんつついた挙げ句、その先端をわたしの鼻先に近づけた。

「においい嗅いでみな。ものすごく臭いから。このしぶとい歯、ぜんぜん抜けないんよ。うちには無理だから、姉ちゃん抜いて」

わたしは痛い思いをさせるのではないかと怖かったけれど、何度も頼まれて根負けした。奥歯は片側だけで歯茎とくっついていた。といっても、そこまでぐらぐらしているわけではなく、抜くには少し早いようだった。おそるおそる指で押してみたが、なにも起こらない。歯のまわりに糸を結んでみてもダメだった。勇気を振りしぼって引っ張ったところ、空の結び目だけが手のなかに残った。

「なにか道具が要るね」妹が提案した。

二人して台所を物色した。みんなはとっくにどこかへ行ってしまい、テーブルの上の食器は片づけられていた。汚れた皿の山がシンクのなかでわたしたちを待っていた。わたしは具体的な考えもないままに、引き出しを開けて、雑然としまわれた台所用品を吟味した。ナイフはダメだ。危なすぎる。フォークならいけるかも。二人して、早くも沈みかけていた冬の陽が届く窓辺に移動した。下の歯茎が奥まで見えるように、アドリアーナが口を大きく開く。わたしは、歯と歯茎の隙間にフォークの先端を当てた。妹は両腕を宙に浮かせたまま、なにも言わずに身体を固くしている。わたしは先端を奥まで差し込みながら、痛がっていないか確かめるために妹の目を見た。瞳孔がひらいているものの、あとは無反応だ。息を止めて、梃子《てこ》の要領でフォークをぐいと押しさげた。すると歯が喉をめがけて飛んでいき、歯茎から血がどくどくと流れ出した。アドリアーナは窒息しそうな声を洩らして咳《せ》き込むと、喉から異物を取り除き、わたしの掌に吐き出した。歯は赤い糸を引いていた。それから唾液を飲み込み、口のなかの傷を布でふさいだ。

その晩、わたしは枕に口を押し当てて泣いた。わたしが町に戻ってしまったら、誰がアドリアーナの乳歯を抜いてやるというのだろう。泣き声を聞きつけた妹が、上の段からおりてきた。わたしは、一週間前に二人の母親どうしで相談して、また町に戻されることになったのだと打ち明けた。

「この家を出てくん？」薄暗がりのなかで、アドリアーナがうろたえた。

「いますぐじゃなくて、高校生になったら。来年の九月にね」

「それって、姉ちゃんが前から望んでたことでしょ？」少しの間を挟んで、ふたたび訊いた。急に大人びたその言葉尻に、かすかだけれども詰《なじ》るような、それでいて愛情のこもった声色が感じられた。「無理やり連れてこられただけで、本当はここが嫌いなんよね？　姉ちゃん、この家に戻されてから、毎晩泣いてばかりいる。毛布をかぶったまま、朝まで眠れないんでしょ？　だったら町に帰れて嬉しいはずやん」

「頭のなかがごちゃごちゃで、なにがなんだかわからなくなっちゃった。だれも、わたしがどこへ行くのか教えてくれない。お母さんがわたしの下宿先を探すんだって。もしかすると寄宿学校に入れられるのかも」

「嘘でしょ、頭がどうかしとる。寄宿学校って、ぼろ頭巾《シスター》たちが取り仕切ってるんよね。すごく厳しいって。パンツのなかまで検査するみたいよ」

「なんでそんなこと知ってるの？」

「パン屋さんの裏に住んでる女の人が寄宿学校にいたことがあるって。おののくような話を聞かせてくれたん」

「わたしが心配してるのは修道女《シスター》のことじゃなくて……」妹の髪を撫でながらわたしはつぶやいた。「アドリアーナに会えなくなることなの」そして、ふたたびしゃくりあげた。

わたしたちはしばらく絶望に浸っていたものの、やがて妹が重苦しい空気を払いのけて、ベッドに飛び起きた。

「けど、あの二人はいつも、姉ちゃんのことを好き勝手にあっちへやったりこっちへやったりして、あんまりや。反抗しないん？」妹は、わたしの肩を揺すってけしかけた。

「どうやって？」

「いきなり訊かれても、うちにもわからん。ちょっと考えてみる。とにかく、もう絶対に離ればなれにならないって誓いを立てようよ。姉ちゃんがここを出てくなら、うちもついてく」

アドリアーナは二本の人差し指を交差させてキスをし、右手と左手を素早く入れ替えてから、またキスをした。薄暗がりのなかで妹の仕草を見ていたわたしは、おなじように誓いを立てた。

そっと抱き寄せてやると、妹はわたしの胸に背中を押しつけて、あっという間に眠りに落ちた。背骨がロザリオの珠のようだった。その晩は、おねしょをされてもじっと動かず、下腹部のあたりにじんわりとひろがる湿った温もりに耐えた。妹はときおり身体をびくつかせた。どんな夢を見ているのか、声を立てて笑うこともあった。いつもの夜ならば、ぐっすり寝入っている妹の身体を抱いていると心が安らかになるのだけれど、その夜は違った。わたしは、自分自身や先の見えない未来に対する不安を、アドリアーナやジュゼッペに対する不安にすり替えることで、なんとか手懐《てなず》けようとしていた。誓いを立てたわずか数分後には、アドリアーナとずっと一緒にいるなんて不可能だと思いなおした。九月になったら、わたしは独りでこの村を出ていくのだ。わたしがいなくなったら、アドリアーナとジュゼッペはどうなるのだろう。妹はなんとかやっていけるだろう。でも弟は？　相変わらずはいはいしかできないし、ママやパパといった単語すら話さない。発話をうながすために、音節をゆっくりと区切り、唇を大きく動かして喋ってみせても、すぐに気が散ってしまうのだった。まだ話す準備ができていないらしかった。

いま、ジュゼッペは施設で暮らしている。そこにはいつもおなじ療法士がいて、その人となら話すけれど、彼が休みの日には誰とも口を利かないらしい。

面会へ行くたび、わたしは画用紙の束と、いろいろな硬さの鉛筆を持っていく。ジュゼッペはその鉛筆を一本ずつ眺めては、人差し指で先端に触れてみる。

「いい鉛筆だね」そう言って、にわかに真剣な表情をする。「今月の作品だよ」

弟はたいてい、絵を描く自分自身の手をモチーフに、繰り返しデッサンをしている。右手で鉛筆を動かし、左手で動かないように画用紙を押さえて。たまに、走っている犬や、ギャロップで走る馬の、四つの蹄《ひづめ》がどれも地についていない瞬間を捉えたデッサンなどもある。

とはいえ、男兄弟のなかでただ一人、ジュゼッペだけが中学を卒業した。その後、何年か自宅で過ごしていたものの、ますます寡黙になるばかりで、ほかの家族とは距離をおき、周囲で起こっているすべてのことに無関心になってしまった。いま暮らしている施設は家よりも居心地がいいようだ。昔は修道院だった場所で、陽気さえよければ、入所者たちは陽光のたっぷりと降り注ぐ庭で一日の大半を過ごすこともできる。

面会にはたいていアドリアーナが一緒についてきて、お喋りで間を埋めてくれるのだけれど、わたしが独りで会いに行くときには、ジュゼッペと二人でベンチに腰掛けて長いこと黙りこくっている。たまに弟が、近くに落ちた葉っぱを拾ってプレゼントしてくれることもある。

春には籠いっぱいのイチゴを持って弟に会いにいき、生垣の脇にある水飲み場で一緒に洗う。すると弟は、ヘタをつまんでひと粒ずつ目の高さに持ちあげ、光にかざしてから、口に入れる。形や色など、微妙な違いを観察しているのだ。ひょっとすると、表面にある小さな粒々をひとつ残らず数えているのかもしれない。

25

その冬は長くて厳しく、家のなかまで凍えるほどの寒さだった。早朝、わたしはふとんにもぐったままで勉強した。一階のおばさんにもらったナイトライトをベッドの脇で灯しながら。指がかじかんで思うようにページもめくれなかった。三月、欧州連合をテーマに書いた作文で、中学生のコンクールの最優秀賞に選ばれた。教育省からわたし名義の通帳が授与され、ペリッリ先生がみんなの前で渡してくれた。そのあと、先生は全員にむかってこう言った。「みなさんのクラスメートを誇りに思ってください」それから、常日頃わたしのことをからかっている男子生徒たちに目線で圧力をかけながら、畳みかけるように続けた。「イタリア全国でこの賞に輝いたのは、わずか二十人なのですからね」

「そのうちの一人が戻ってきた娘《アルミヌータ》ってわけかよ」予想どおり、教室の後ろから冷やかしの声が洩れた。

下校のとき、誰から聞きつけたのか、とっくに知っていたアドリアーナは、家族に知らせたくてひと足先に走っていった。狂喜して両親に通帳を見せたのも妹だった。赤い表紙で、内側の預金残高の欄には手書きで三万リラと記されていた。

「銀行でおろせるのかい？」それを見た母親が尋ねた。通帳を閉じてテーブルに置いたものの、視線を逸らそうとしない。

「それには手をつけるな」思いがけなく父親が釘を刺した。少しの間を挟んで、言葉を継いだ。「この子の金だ。自分のおつむで稼いだんだからな」

「数学の成績も十なんよ。問題を解くのが楽しいんやって」両親の周囲を飛びはねながら、アドリアーナが得意げに報告した。

わたしは、その年に学んでいた空間幾何学が好きだった。平行六面体の上に角錐《かくすい》が重なったものや、底面に円錐形の穴があいた円柱といった複雑な立体に魅了され、表面積や体積の合計を求めるために、足したり引いたりする計算が楽しくてしかたなかった。ほどなく、秀でた成績は、わたしのいないところで二人の母親が勝手に決めた未来に直結していることに気づいた。果たして、二人の選んだ方向に自分が本当に進みたいのか確信が持てなくなったのだ。来年のいまごろ、わたしは町の高校に通っているはずだ。でも、誰と食事をし、どこで眠っているのだろう。放課後、パトリツィアと会えているのだろうか。そんな不安に駆られると、妹や弟、わたしを引き取ってくれた両親、そしてセルジョともう一人の兄と、そのまま家にいたほうがいいように思えてくるのだった。

ペリッリ先生から、成績の欄に「九」と記されたラテン語のテストを返されたわたしは、束の間の喜びのあと、机に頬杖《ほおづえ》をついてそれをぼんやりと眺めていた。海辺のお母さんが見たら、きっと喜んでくれるにちがいない。遠く離れたところから、お母さんは自分の病気よりも、わたしのことを気にかけているのだ。わたしはそう信じつづけていた。それでも、心が沈むときには、自分が忘れ去られたような気がした。わたしは彼女の思考からこぼれ落ちている。もはや自分がこの世に存在する理由が見つからなかった。「お母さん」という言葉を百回ぐらい繰り返し唱えるうちに、意味がことごとく消え失《う》せて、単なる口の体操となってしまうのだった。二人の生きた母親を持ちながら、わたしは孤児だった。一人はまだ乳《ち》飲《の》み児《ご》のわたしを手放し、もう一人は十三歳のわたしを産みの親に押しつけた。要するにわたしは、秘められた偽の血縁関係、別離や隔絶の落とし子だったのだ。もはや自分が誰に帰属するのかわからなかった。それはいまだにわからない。

春には誕生日がめぐってきたけれど、誰も気づいてくれなかった。実の両親は、別れて暮らすあいだにわたしの生年月日なんて忘れてしまったようだし、アドリアーナはそもそも知らなかった。今日が誕生日だと言えば、まわりをぴょんぴょん飛び跳ねながら、わたしの耳を十四回引っ張るといった、あの子ならではの方法で祝ってくれるだろう。それでもわたしは敢えてなにも言わず、夜中の零時の鐘が鳴ったとたん、自分で自分におめでとうと祝福した。午後には広場へ出掛けて、村で一軒だけの菓子店でディプロマティコ（リキュールに漬けたスポンジ生地とカスタードクリームをパイ生地で挟んだケーキ）をひと切れ買った。ケーキの上に立てる蠟燭を一本くださいと頼むと、菓子店のおかみさんは怪訝そうな目でこちらを見やり、蠟燭代をおまけしてくれた。結果的にわたしは、誕生日プレゼントをひとつもらったことになった。

物置に行くと、マッチはすぐに見つかった。どこにあるかだいたい見当はついていたのだ。内側から鍵をかけて、通風孔のような隙間から洩れてくるわずかな明かりを頼りに包みを開けた。そして、埃だらけの食器棚に紙を敷き、ケーキをのせた。パイ生地の真ん中に蠟燭を立てると、芯に火を点けた。ほとんど黒一色の暗がりにケーキだけが浮きあがって見え、比較の対象となるものがないので、普通の大きさの本物の誕生日ケーキのようにも思えた。そうしてしばらく焰を眺めていた。おそらく吐息が近すぎたのだろう、焰がかすかに揺れた。とりたててなにか具体的なことを考えていたわけではないが、胸の内の不安のむこうに、その小さな焰のような明るい力が芽生えた。溶けた蠟が伝い落ち、砂糖のコーティングのところまで到達しそうになった。あわてて、自分で自分に拍手をしながら焰を吹き消し、暗がりのなか、小声でハッピーバースデーの歌を口ずさんだ。ディプロマティコは冷たくてさくさくしていて、欠片ひとつ残さず食べた。それから、わたしは家に戻った。

その晩、男の人が訪ねてきて、翌日の日曜にみんなで田舎に来ないかと誘った。食事の済んだあとだったので、その人は台所のテーブルに父親とむき合って座った。右目に黒い眼帯をしているせいで、海賊のように見えた。首のあたりにグレーの巻き毛が生えている以外、つるりと禿《は》げた頭に眼帯の紐が巻いてある。火の消えた葉巻を唇の端でくわえて、微妙なバランスをとっていた。少し吸っては消してを繰り返しているらしく、葉巻の先端が焦げていた。それをずっとくわえたまま、いつも下顎を葉巻のほうへひん曲げながら喋っていた。わたしは、彼のそんな外見に好奇心をそそられると同時に、少し怯えてもいた。

「まだこんな時間なのに奥さんはもうベッドかい」そう言うのが聞こえた。「あの不幸な事故からまだ立ちなおれてないんだな。明日、新鮮な空気を吸えば、少しは気晴らしになるだろう。

それに、カルメラ祖母《ばあ》さんが奥さんに会いたがってる。自分の名づけ子のことを、常々気にかけてるんだ。今日も、これを奥さんにって預かってきたよ。マットレスの、頭の下あたりに挟むと効果があるらしい」

わたしは横目でちらりと見た。布になにかが包んである。父親はそれをポケットにしまい、ワインの瓶を取ろうと立ちあがった。アドリアーナもわたしも、瓶がしまってある戸棚には手が届かなかった。

「ところで、おまえは誰の子だ?」見かけない顔のわたしがいることに気づいた海賊が、藪から棒に尋ねた。

「うちの姉ちゃんなんよ」即座に割って入ったのはアドリアーナだ。「まだ小さいうちに親戚の家に預けられたんやけど、また一緒に暮らすことになったん」

「ああ、話には聞いた。だったら、明日の朝、おまえさんも一緒に来るといい。わしの家にはなんでもあるからな」片方だけの目でわたしを見定めたのち、そう促した。

ベッドに入ると、アドリアーナが上の段から眼帯のおじさんのことを話してくれた。わたしたちの洗礼に立ち会った人で、果樹園や畑のひろがる一帯に住んでいるらしかった。子どものころ、方向転換しようとしたトラクターの踏みつけた石が弾《はじ》け、ものすごい勢いで飛んできて右の眼窩《がんか》に命中し、失明したらしい。吸いかけの葉巻をいつも口にくわえていることから、みんなは「吸いかけ葉巻《メッツォ・シーガロ》」というあだ名で呼んでいるのだけれど、本人の耳に入ったら大変な目に遭わされるそうだ。

「本当の名前はなんていうの？」わたしは尋ねた。

「忘れた。でも、田舎じゃあ、大人のことはみんな『おじちゃん《ツィーオ》』か『おばちゃん《ツィーア》』って呼ぶから、問題ないよ。べつに血がつながっとらんでも、そう呼ぶ習わしなん」

「あの人のためになにを置いていったの？」わたしはベッドの柵から身を乗り出して、ドアのむこうにある両親の寝室を指差した。

「わかんないけど、お守りだと思う。おじちゃんの家にはものすごく年とった祖母ちゃんがおって、祈禱師《きとうし》をしてるん。アドバイスや薬を求めて、いろんな人たちが訪ねてくるんよ。うちが百日咳に罹ったときは、めちゃくちゃまずいシロップをくれた。飲むたびに吐き出してたけど。お腹に寄生虫が湧いたときは、科学《シエンツァ》を使った薬をくれたし。すんごく苦いんよ」

アドリアーナが口にした「科学《シエンツァ》」という言葉が、じつは、農村の祈禱師たちのあいだで治癒効果が知られていた野生の苦蓬《アッセンツィオ》なのだとわかったのは、それから何年ものちのことだった。

翌朝、やっとエンジンのかかった車で、わたしたちは出発した。兄たちは来なかった。あの家に行くと、いつもこき使われる。そう言って二人とも嫌がったのだ。ふだん車酔いなどしないアドリアーナが、村を出てすぐに、吐き気がすると言ってぐずりだした。おそらく車に乗り込む直前に牛乳を飲んだせいだろう。間一髪のところで車を停めたら、そこは浚渫工事の現場にさしかかるカーブだった。アドリアーナは、よりによってヴィンチェンツォの血を吸った牧草地の片隅に、胃のなかにあった朝食をぶちまけたのだ。視線の先には、空を飛んだヴィンチェンツォが墜落した鉄条網の柵があった。

妹が吐いているあいだ、寄り添って介抱してやったのはわたしだった。母親は車から降りてこなかった。窓を閉めて両手で顔を覆い、反対側をむいていた。助手席で細かく震える肩の動きから、すすり泣いているのがわかった。

26

農場でわたしたちを出迎えたのは、アカシアの花の香りと、数世代にまたがる大家族だった。みんなが麦打ち場でそれぞれの作業に勤《いそ》しんでいる。「吸いかけ葉巻《メッソ・シーガロ》」は、軽やかな拍子を刻みながら刃の線に沿って大きな金槌《かなづち》を振りおろし、鎌を研いでいた。わたしたちの到着を心の底から歓迎しているようだ。あらかじめ話してあったからだろう、誰も、そこにいるわたしに驚きはしなかった。ただ、とりわけ子どもたちは、好奇心を抑えきれずにこちらを観察していた。羊の群れを放牧に連れていこうとしていた二人の若者が、掛け声と口笛で羊たちを先に歩かせておいて、挨拶をしに来た。雌鶏《めんどり》に麦をやっていた奥さんは、手桶《ておけ》を置いて、わたしたちにふるまう飲み物を取りに家のなかに入っていった。男たちにはアニス酒を、女と子どもたちには、昨年とれたチェリーで作ったジュースを用意してくれた。

「帰りに何本か持ってってちょうだい」そう言ったあと、母親にむかって小声でささやいた。「カルメラ祖母《ばあ》ちゃんが待ってるわよ。どこにいるかわかるね」

母親の腕から優しくジュゼッペを抱きあげると、家の脇に生えているオークの古木を顎で指し示した。わたしは状況が呑み込めないまま、母親の後についてそちらの方角に歩いていった。あと数歩というところまで近づいたとき、ようやく老婆の姿が目に入り、慌てて立ち止まった。屋外のひなびた玉座を思わせる、背もたれが粗く削られた背の高い椅子にすっぽりと納まっていたのだ。木陰と同系色の、前ボタンのかっぽう着を羽織っている。わたしは立ちつくしたま、その姿を見つめた。御伽噺の世界から飛び出してきたような、圧倒的な存在感に魅了されていたのだ。百の夏の陽射しにさらされて干からびた皮膚が、すぐ後ろにある巨木の樹皮に擬態しているかのような筋模様を刻み、おなじく不動だった。わたしの目には、老婆もオークの木もどちらも不滅に思われた。

のちに聞いたところによると、お祖母ちゃんは一度死の淵《ふち》に足を踏み入れ、何日も生死の境をさまよった挙げ句、孤独に耐えきれなくなって舞い戻ってきたらしい。

「カルメラおばさま……」早くも涙声の母親が呼びかけた。

「なにもかも聞いた、哀れよのう。おまえさんの気持ちはようわかる」片方の手だけをかすかに動かして、そばまで来るように手招きした。老婆が身体を動かすたびに、錆《さ》びついた関節が軋んだり、引っ張られたり、曲がったりして音を立てた。

母親は涙を流しながら隣にひざまずき、片方の頬を上にして老婆の膝に頭をのせた。それを待っていたかのように、老婆は年齢の刻まれた幅の広い掌で頬を包んだ。

「おまえさんの苦悩を癒す薬は、残念ながら持ち合わせておらんのだよ」老婆は悪びれもせずに言った。それからしばらく手を掲げて、その非力さを見つめていたが、ふたたび母親の頬に触れて、ざらついた掌で撫でた。それが彼女にしてやれる唯一のことだったのだ。

「こんにちは」わたしは礼儀正しく挨拶した。

するとと老婆は、精神を集中させてわたしのことをじっと見つめた。たるんだ上瞼で目がほとんど隠れていて、わたしにはその表情が読めなかった。細い二つの隙間だけがあり、老婆はそこから、世の中について最低限必要な情報を得ているようだ。そこへ女の子が駆けてきた。摘みとったばかりの薬草の束を握っている。

「これはいい草？」息をはあはあ弾ませて尋ねた。

「露がついとるかい？」

確かに朝露で濡れていた。濡れていなければ効果がないらしい。曾孫《ひまご》は、背の低い台に置かれたコップに草を入れた。やはりオークの巨木の陰になっていて、わたしはそこに台があることに気づいていなかった。台の上には、さまざまな魔術に用いられる色とりどりの得体の知れないものが入った瓶や壺《つぼ》、湿布などが置かれている。オイルの小瓶や、水の入った小皿もあった。邪視《じゃし》を祓《はら》い、病を治すために使うらしい。小さなナイフもあった。身体の、具合の悪い内臓に相当する場所に印をつけるのだ。ただし深く傷つけることはない。

そこへ一台の車が到着し、二人の人が降りた。助言と薬を求めてカルメラ祖母ちゃんを訪ねてきたのだ。

立ちあがった母親に、老婆が話しかけた。

「おまえさんは不幸な星の下に生まれてきたが、その娘《こ》は違う。きっと偉くなるだろうよ」わたしのほうにむかって指を動かしながら、そう言ったのだ。

その後も、カルメラ祖母ちゃんは何時間もぶっとおしで客の相手をした。一時《いっとき》は麦打ち場まで行列が延びていた。月が欠けていくこの時期は、あらゆる悪を祓うのに適しているから、大勢の人がつめかけるのだと「吸いかけ葉巻《メッゾ・シーガロ》」の奥さんが教えてくれた。

畑でこき使われることはなかった。その日わたしたちがした作業といえば、お昼に食べる分の蚕豆《そらまめ》の収穫くらいだ。籠をひとつずつ渡されて、みんなで畑へむかった。弟のジュゼッペは、彼をものすごくかわいがっている女の子と、屋内で留守番することになった。にぎやかに鳥がさえずり、燕《つばめ》がひっきりなしに頭上を行き交う。家畜小屋の梁《はり》にかけた巣で待つ、生まれたばかりの雛《ひな》たちに虫を運んでいるのだ。わたしたちは、青々として毛深い穂をつけた大麦畑に沿って歩いた。脇を通ると、容赦なく照りつける太陽のせいでくたっとなった雑草が足もとをかする。長い冬のあとで陽射しをいちどきに浴びたわたしは、頭がくらみそうだった。畑にはまっすぐな畝《うね》が何本も平行に伸びて、等間隔の窪みにサラダ菜の株が植えられていた。トマトの区画にある苗は、まだ若くてか弱かった。

蚕豆畑に着くと、さっそく収穫をはじめた。ひとつめの莢《さや》は、捥《も》ぎ方がまずかったせいで、細い茎がたわんで地面に垂れ下がってしまった。それを見たわたしは、我ながら情けなくなった。

「コツを教えてやるから、こっちへおいで」見かねた母親が言った。「片手で茎のてっぺんを押さえながら、もう片方の手で捥ぐんだよ」

わたしは母親の隣で、おなじ籠を使って作業をしていた。ほかの人たちは少し離れたところにいた。

「食べてみな、おいしいから」母親はそう言って、皮をむいた蚕豆をいっぱい、わたしの手に握らせた。その天の恵みは、朝の滋養をたっぷりと湛えた緑の味がして、歯で嚙みつぶすのが惜しいほどだった。

しばらくみんなで収穫を続けた。生い茂った葉のあいだに、ときおり白い泡の塊があった。カッコウの唾なのだと母親が言った。カルメラ祖母ちゃんは、それを秘薬として使うことがあるらしい。わたしはたまたまその少し前に、アワフキムシの幼虫がそんな泡を吹くという記述を本で読んでいたので、カッコウの唾という御伽噺は崩れ去った。

「ここはなんでもきちんと手入れされて、整然としてるんだね」わたしはため息まじりに言った。「わたしの人生も、この畑みたいだったらよかったのに」そんな言葉が思わず口をついて出た。

おそらく、その土地が心をひらいて素直に話すように仕向けたのだろう。さもなければ祈禱師の影響かもしれない。

母親はなにも言わずに、じっと聞いていた。

「何歳のときに、わたしを又従妹の家に預けたの?」わたしは抑えた声で尋ねた。疲労感はあったものの、なぜか憤りは感じなかった。

「六か月のとき。ちょうど断乳しようとしてたところで、ある日アダルジーザが寝かしつけてくれて、それから毎週訪ねてくるようになったのさ。来るたびに、あんたを自分の家に連れて帰ると言い張ってね」

「どうして?」

「その何年も前からあの人は子どもを欲しがっていたのに、なかなか授からなかったんだ」

少し離れたところでは、みんなが蚕豆をつまみ食いしながら収穫作業をしていた。アドリアーナの甲高い声が響いたかと思うと、あとに笑い声が続く。

はじめは断ったものの、しばらくして五人目の子どもを身籠もっていることがわかり、おまけに夫の失業まで重なった。両親はひと晩、寝室にこもって話し合った。そのあいだ、わたしはなにも知らずにすやすやとベビーベッドで寝ていたし、兄たちも子ども部屋で眠っていた。結局、子どもを一人手放すことにしたのだ。

アダルジーザは、女の子で、まだ小さかったわたしを欲しがった。大きくなってからでは親子の愛情はなかなか育めないと考えたらしい。そのため、まだ物心のつかない年齢だったわたしが里子に出された。

「うちからは、あんたの物はいっさい持っていかなかったんだ。すべて新品をそろえるって言ってね。それで、あんたが使っていたベビー用品は全部、お腹の赤ん坊のためにとっておいたんだけど、それから二十日もしないうちに流産しちまったんだよ。大量に出血して、あやうく命を落とすところだった」

「だったら、どうして引き取りに来てくれなかったの？」わたしは消え入りそうな声で尋ねた。

「アダルジーザが手放すと思うかい？　あの人は望んでたとおりの子育てをとっくに始めてたからね」

わたしはそのまま地面にしゃがみ込み、膝に顎をのせた。涙をこらえようと力を入れすぎて、目頭が痛くなった。母親は蚕豆でいっぱいの籠を腕に提げて、木偶《でく》の坊のように突っ立っていた。正午の陽射しの下、母親は黙りこくったまま汗をかいていた。娘に慰めの言葉をかけるための一歩が踏み出せなかったのだ。

麦打ち場のほうから昼食の支度ができたと呼ぶ声がした。畑から出たわたしたちは、みんな道のおなじ片側にいた。反対側の畑には別の作物が植わっていたのだ。踏まれる危険のなくなった蚕豆たちは、ほっとひと息ついて互いに身を寄せ合っているかのようだった。

「二人とも、なんでそんな真剣な顔をしてるの？」アドリアーナが快活に尋ねた。

庇《ひさし》の下で、食器のならんだ細長いテーブルが待っていた。焼きたてのパンもある。オリーヴオイルをつけて、生の蚕豆と一緒に食べるのだ。ほかにも新玉葱と煮た蚕豆や、丸ごとのペコリーノチーズ、昨年屠《ほふ》った豚の生ハムといった料理がならび、風をさえぎった場所で熾《おこ》した炭火の上では、肉がジュージューと音を立てていた。父親は、昨年の秋に穫れた葡萄で造ったワインを飲み、その濃い色と深い味を堪能しながら、「吸いかけ葉巻《メッツォ・シーガロ》」と喋っていた。そんなふうに笑う父親の顔をわたしは見たことがなく、歯が何本か欠けていることに初めて気づいた。

カルメラ祖母ちゃんは相変わらずオークの木陰にいた。料理を運んでも、もはや少ししか口にせず、肉はいっさい食べなかった。わたしたちが時間をかけて食事を楽しんでいるあいだも、訪ねてくる人々の話に耳を傾け、古くから伝わる呪文をぶつぶつ唱えては、膏薬《こうやく》を塗って治療を施していた。

カルメラ祖母ちゃんが臨終を迎えたのは百九歳のときだった。いつもの場所に座ったままの姿で。彼女の最期の呼気から熱風のようなものが立ちのぼり、オークの老木の樹冠が、葉の一枚いちまいに至るまで一瞬にして枯れた。それで、みんなカルメラ祖母ちゃんがもういないことに気づいたのだった。葬儀の三日後、夜中に集落全体が目覚めるほどの大音響を立てて、とてつもなく太い幹が倒れた。家をつぶさないよう、方向を見極めて。老木は、そののち何年にもわたって「吸いかけ葉巻《メッツォ・シーガロ》」の家に薪《まき》を提供しつづけた。ひょっとすると、いまだに冬になると暖炉で燃えているかもしれない。

27

正午ごろ、家の前の空き地で遊んでいたら、エルネストの息子が駆けてきた。午後の四時にわたし宛ての呼び出し電話が店にかかってくるけど、直接話したわけじゃないから、誰からかはわからない。そう言われたわたしは、電話の主についてあれこれと想像をめぐらせはじめ、昼食のサヤインゲンとジャガイモの料理を前にしても、少しも食欲が湧かなかった。

その日の午前中、わたしは母親と一緒に学校へ行き、中学の卒業証書を受け取った。ヴィンチェンツォを亡くしてからというもの、黒しか身に着けなくなった母親は、その日もやはり黒ずくめだった。少し型の崩れたスカートと、何度も洗ったせいで色の褪せたブラウス。廊下に貼り出された成績表の前で、わたしが「最優秀」という評価を読んで聞かせても、母親は表情ひとつ変えなかった。わたしはなんでも楽々こなしていると思っているらしかった。ラテン語のテストでどれだけ苦しんだかなんて、想像も及ばないのだ。あのときわたしは、二つの「または《アウト》」が離れた位置にあったせいで、明白なはずの文意が読みとれずにいた。すると二時間目の試験監督をしていた先生が、机の横を通りざま、口を二回「または《オ》」の形にしてくれた。そのおまじないのお蔭で、もつれた糸のように絡まっていた解釈がようやくほどけたのだった。

卒業証書が授与される教室に入る前、母親の手がわたしの背中をためらいなく撫でて、肩甲骨のあたりで止まるのを感じた。わたしは、長いあいだ見捨てられていた臆病な犬が、久しぶりに撫でられて喜んでいるように首をすくめた。けれども、すぐに素っ気ない態度でその手から逃れ、少し距離をおいた。あの人と一緒にいるのが恥ずかしかったのだ。あのあかぎれだらけの指や、身に着けている色褪せた喪服、言葉の端々からこぼれる無知に耐えられなかった。いまだにわたしは彼女の言葉遣いを恥ずかしいと思っている。訛らないように話そうとすればするほど、滑稽な方言になってしまうのだ。

公衆電話ボックスはエルネストの居酒屋の裏手の、陽の当たる場所にあった。古くなった安物のワインの強烈なにおいが充満し、ひどい暑さにもかかわらず、昼下がりから早くも飲んでいる年寄りたちの、ねとついた会話が聞こえてきた。約束の時間より早く着いたわたしは、古ぼけたスツールに腰を掛けて電話を待った。身体を動かすたびに、スツールがぐらぐらと揺れた。最初のベルが鳴った瞬間、わたしは弾かれたように立ちあがった。いったんエルネストが店で電話を受け、こちらに回してくれた。わたしは、受話器をとってあの人と話すのがたまらなく怖かった。もうずいぶん久しく話していなかった。電話ボックスの扉を閉めたものの、あまりの熱気に息苦しくなって、すぐにまた開けた。それからしばらく、早く出ないと電話が切れて、もう永遠にかかってこないかもしれないと思いつつ、我慢していた。ようやく受話器をとると、「もしもし」と言ってから、送話口にむかって息をした。

わたしの声を聞いて感激するあの人を想像していたのだけれど、そうはならなかった。わたしの耳もとで挨拶をし、元気かと尋ねてきた。その声にはかすかな戸惑いが感じられただけだった。

「そっちこそ、体調はどうなの？」

「お蔭さまでなんとかやってるわ。それより、あなたの話を聞かせてちょうだい」

続くわたしの沈黙を、ほどなくあの人のほうが破った。

「学校で一番の成績を修めたんですってね。思ってたとおりだわ」

離れた場所から情報を収集するあの人の能力は驚異的だった。短い卒業証書授与式のあと、ペリッリ先生が母親を呼びとめて教室で話をしたのは、わずか数時間前のことだというのに。

「娘さんは学校で一番の成績でした。本当に学問にむいているのだと思います。才能をつぶさないようにしてあげてください。以前に申しあげたことを憶えてらっしゃいますね？」先生は、母親の顔をじっと見据えて言った。「ここに町の高校の名前を三つ書いておきました。ご家族でよく相談して、どの高校へ行きたいか決まったら教えてください。差し支えなければ、今後も娘さんの進学についてお手伝いさせていただきたいと思っています」そう言いおわると、先生は母親に一枚の紙を渡した。

わたしには、夏休みのあいだに読むための本を鞄に入れて持ってきてくれた。それから、大切なものを扱うかのようにわたしの顔を両手で優しく包み、おでこにキスをした。先生の指輪のひとつがわたしの髪に引っかかり、かろうじてほどけはしたが、抜けた毛が一本、ブラジル産のアメジストのまわりにからまっていた。わたしはそれに気づいたものの、なにも言わなかった。そのままにしておけば、わたしのごく小さな一部がもう少し先生のそばにいられるのだから。

　ドアのところまで来てから、ふと思いなおした母親が先生のほうを振り返った。

「先生、自分は学校を出ちゃおらんけど、バカなわけじゃないんです。この子の頭が勉強にむいとることぐらい、言われんでもわかります」そう言いながら、わたしの頭を撫でてみせた。

「なんとか方法を見つけて、勉強を続けさせます」

　受話器のむこうから響くあの人の声は、最後に会ったときとは異なり、丸みを帯びて、張りがあるように感じられた。何キロにもわたるケーブルを通して伝わってくるようには思えなかった。悲嘆に暮れたふうでもなければ病人のようにも思えず、一瞬、病気が治ってわたしを迎えにくるのではないかと期待した。そのために電話をよこしたのだろうか。ずっと待ち望んでいたはずの可能性を目の前にして、鋭利なナイフのように不安が喉に突き刺さった。自分がなにを求めているのか、もはやわからなかった。束の間、頭が混乱した。そのあいだも、受話器のむこうのあの人は落ち着きはらって話しつづけた。

「お母さんから聞いていると思うけれど、あなたをいい高校に通わせたいと思っているの。あなたはそれだけの努力をしてきたのですもの」

　あの人の口から、「お母さん」という言葉がごく自然に出てきた衝撃に、わたしは凍りついた。あたかも、自分はもうお母さんではなく、わたしの将来のために出資してくれるお金持ちの叔母さんであるかのような口ぶりだった。

「ということは、うちに帰れるのね？　この村には高校なんてないわよ」しばらく間をおいてから、わたしは思い切って尋ねた。

「いいえ。オルソリーネ高校はどうかしら。あそこは素晴らしい女子寄宿学校よ。費用はもちろん出してあげるわ」

「寄宿学校なんて行かない。だったら進学なんてしない」わたしはきっぱりと言った。

「それなら、別の方法を考えましょう。あなたのことを下宿させてくれる、信頼できるご家族がきっと見つかるはずよ」

「どうしてうちで一緒に暮らしちゃダメなの？　わたし、なにか悪いことした？」それはほとんど悲鳴に近かった。

「なにも悪いことなんてしてないわ。いまは説明できないけれど、わたしはあなたが勉強を続けてくれることを願ってるのよ」

　一人の少年が、電話ボックスのすぐ前をいらいらした足取りで行ったり来たりしていた。わたしは縦長の取っ手をつかんで、勢いよくドアを閉めた。

「パトリツィアのご両親が下宿させてくれるって言ったら？」挑むように言った。

「あそこの家庭は、あなたの教育にふさわしいとは思えない。心配いらないわ。準備する時間はまだたっぷりあるから」

　あの人の後ろのほうで、椅子を引きずるような音がした。続いて、男の人がなにか言う声が聞こえた。といっても、ときおり響く雑音にかき消されて、間違いなく男の人の声だとは言い切れなかった。

「そこに一緒にいるのは誰？　お父さん？」全身汗だくになりながら、わたしは尋ねた。先ほどの少年が、人差し指で腕時計を何度もつついてみせながら、電話ボックスのガラスを叩いている。

「いいえ、テレビの音よ。そういえば、あなたにテレビを一台プレゼントしようと思ってるの。そちらのお宅にはないのでしょ？」

「持ってきてくれるわけ？」

「行くのは無理だから、届けさせる」

「だったらお金の無駄よ。テレビなんて要らない。どうせ九月になったら、わたしをあの家から出すことに決めたんでしょ？　それに、この辺の子たちは夏にはみんな外で遊ぶから、テレビなんて見ない」

わたしはあの人を挑発したつもりだったが、乗ってはこなかった。早く電話を切りたがっていたのだ。電話ボックスの外で文句を言いながら行きつ戻りつしている少年よりも、よほど急いでいるようだった。またしてもあの人の背後で声がしたものの、なんと言ったかまでは聞きとれなかった。続いて、なにやら奇妙な鳴き声がした。あの人は、また電話をすると約束し、近いうちに会いましょうとも言った。そして、おざなりの挨拶をすると、わたしの返事を待たずに電話を切った。どちらにしてもわたしは返事なんてしなかったのだけれど。わたしは口から半分出かかった「お母さん」という言葉を呑み込み、汗でべとついた手でしばらく受話器を握りしめていた。頭のなかでは憤怒の焔が燃えさかっていた。わたしはその場で、もう二度とあの人に会うまいと決めた。「お母さん」とも呼ぶまい。心のなかであの人のことを考えるときにも「アダルジーザ」と呼ぼうと決めた。その名前に秘められたありったけの冷たさをこめて。わたしはあの人を決定的に失ったのだった。それから二、三時間は、その存在を忘れられるとまで思った。

「誰かと思ったら、戻ってきた娘《アルミヌータ》かよ」わたしが電話ボックスから出るなり少年はそう言い、こちらを見ながら地面にぺっと唾を吐いた。

「ゆっくり電話してなさい。兄さんたちを呼んできて、あんたなんかこてんぱんにしてやるから」わたしは残忍な歯を食いしばり、少年を脅した。

昼さがり、わたしが指で髪を梳《す》いてやると、ジュゼッペはわたしのベッドでなにも言わずにおとなしくしていた。弟はそうしてもらうのが好きだった。ほぼ一年ぶりにわたしの声を聞いて、あの人は泣きだしたいのを必死で堪えていたにちがいない。ひょっとすると、泣き声が洩れないように送話口を手で押さえていたのかもしれない。以前にアダルジーザがそんな仕草をするのを見たことがあった。わたしのことを呼び戻せないのには、なにか深刻な事情があるにちがいない。現にいまは説明できないと言っていた。わたしのような子どもには、しょせんわからないこともある。誰も口にしないだけで、いつか家に帰れる日が来るのだと信じて疑わなかった。ある日なんの前触れもなくそう告げられ、大喜びするのだろう。

あの人はいつもわたしのことを考え、将来を気にかけてくれていた。いつか会えると言ったじゃないか。だったら、ほかになんの望みがあるというのだろう。恩知らずの娘のような返事をしたことを謝りたいのに、どうすれば連絡をとれるのかもわからなかった。涙が何粒かジュゼッペの顔に落ち、弟は目を開けた。

テレビを断ったことも後悔した。わたしが「上の学校」――アドリアーナは高校のことをそう呼んでいた――へ行ったあと、テレビがあれば妹の気晴らしになっただろうに。以前、中古のテレビをもらったが、何か月もしないうちに壊れてしまい、修理することも新しく買い替えることもできなかったと言っていた。わたしがここで暮らすようになる少し前に物置へしまったきり、そのままになっていた。その冬、一階のおばさんのうちで、妹とソファーに座って『サンドカン』（エミリオ・サルガーリの同名の小説をアニメ化した作品）を全話見た。おばさんも一緒になって、炒ったヒヨコ豆をつまみながら、ヒロインの悲運に涙したのだった。「ラブアンの真珠」と呼ばれていたヒロインのマリアンナは、「マレーシアの虎」こと大海賊サンドカンのたくましい腕に抱かれて死んでいった。わたしたちはサンドカンに夢中だったけれど、彼は二度と女の人は愛さないと言った。

くだらないプライドが頭をもたげたばかりに、将来わたしがいなくなったときに退屈を紛らわすことのできる娯楽を、アドリアーナから奪ったのだ。わたしは妹に対して申し訳なく思い、自分の言動を悔いた。

六月のその日、わたしは二人の母親のあいだで押しつぶされそうだった。いまでもときおり、あの日、学校でわたしの背中に触れた産みの母親の手を思い出す。そして、滅多に子どもたちを撫でることのなかった彼女が、なぜあのときわたしの背中に手をおいたのだろうと自問しつづけている。

28

わたしが実家に戻されてから一年と少しが経過していた。それは、それまで生きてきたどんな年よりも、そしてその後に押し寄せてくることになるどんな年よりも、長い一年だった。いきなり投げ込まれた川の全容をつかむには、わたしはまだ子どもだったし、奔流に呑まれすぎていた。

わたしは一年前とおなじくトランクを片手に、もう一方の手には靴がごちゃごちゃに入った袋を提げて、一年前とは別の階段をのぼった。父親は、路上駐車できるスペースが見つからずに、しばらく周囲をぐるぐるまわっていた。町での運転に慣れていなかったのだ。家を出たとき、前もって言い訳をするために口をひらいたきり、終始無言だった。道に迷いながらの運転だったので、交差点で何度もクラクションを鳴らされた。わたしは別れがあまりに悲しくて、道案内どころではなかった。家を出るとき、母親の腕に抱かれたジュゼッペがこちらに手を伸ばして泣き叫ぶのを、わたしは片方の足だけ外に出し、もう片方の足は玄関のなかに残した状態で呆然と眺めていた。いいから行きなさいと、泣き声にかぶせるように母親からうながされて、出発したのだった。アドリアーナは別れの挨拶すらしてくれなかった。絶対に離れないという約束を破ったわたしにひどく腹を立てていて、物置にこもったまま出てこなかった。

車は、どうにかメモの住所に到着した。海岸から二キロほど離れたところに建つマンションで、入学することになっていた高校からは数ブロックだった。わたしは車から降りると、榛《はしばみ》色《いろ》の漆喰《しっくい》が塗られた、重厚で威圧感のある建物を下からのぞきあげた。一年前まで住んでいた家から見ると、町の反対側にあたる。四階の廊下で、半びらきのドアが待ち受けていた。わたしはしばらくその場で立ち止まり、高鳴る胸の鼓動と荒い息遣いが鎮まるまで待った。ノックをしようとした瞬間、ゆっくりとドアが開き、玄関の暗がりから巨体の女の子が現われた。わたしよりもずいぶんと大きく見えた。その子は、口を横にひらき気味にして、歓迎の気持ちのこもった「こんにちは」の挨拶をした。初対面だというのにすっかり打ち解けている。その声は、言葉を言いおわったあとも、耳の奥で小さな鈴をちりんちりんと鳴らしているような余韻がしばらく残り、聞く者をうっとりさせた。

「入って。もう少ししたらママも帰ってくるから」わたしの荷物を受け取りながら、その子が言った。

一緒に使わせてもらう部屋に案内された。わたし用のベッドの上に、靴の入った箱が二つと、高校生活で着るための真新しい服。どれも、まるで結婚式の前に花嫁へ贈られるプレゼントのように整然とならべられていた。サンドラという名のその子が見せてくれた本棚では、わたしの教科書になる本が一段を占領していた。机の上にはノートも用意されていたし、その隣には計算機まであった。相変わらず気配りの行き届くアダルジーザが、わたしが来る前に置いていったにちがいない。

「叔母さんが、あなたにって、こんなにたくさん持ってきたのよ」わたしの推測が正しかったことを、サンドラが裏づけた。

　彼女は栗色の大きな瞳をまん丸にしてわたしを見つめた。前もって届けられた山ほどの贈り物にもわたしが大して喜んでいないので、きっと驚いたのだろう。確かに、どれも必要なものばかりだった。いまわたしが着ている服があまりいいものでないことは、サンドラの目にも明らかなはずだ。それでも、そんなふうに物だけを与えられることにわたしは辟易《へきえき》していた。

　わたしも、下から見上げるように彼女のことをさりげなく観察した。身体こそ大きかったけれど、十七歳という年齢よりも幼く見えた。おそらく、子どものように透明な肌と、身体とは不釣り合いな、天使を連想させる顔のせいだろう。

　サンドラのお母さんは、わたしの父親を連れて帰ってきた。娘の下宿先の名字を忘れてしまった父親は、各階で呼び鈴を順に鳴らしながらマンション内をさまよっていたところを、折よく通りかかったビーチェ夫人に救い出されたのだ。夫人は、故郷を離れてからずいぶんになるというのに、きついトスカーナ弁を話した。わたしたちをキッチンに招き入れ、オーブンから出したばかりの固焼きクッキー《カントゥッチ》をふるまってくれた。父親には、クッキーを浸して食べるように、ショットグラス一杯の貴腐ワイン《ヴィン・サント》を添えて。

「これは、フィレンツェに住む上の娘のところでもらってきたものです。おいしいからぜひ召し上がってくださいな」夫人は、父親が味を見て感想を口にするのを待った。それから、クッキーをお行儀よく小さな口で食べていたわたしのほうにむきなおり、体格を見定めた。「あなたは痩せすぎね。わたしたちをご覧なさいな！」自分と娘を指差すと、豊満なバストを揺すって笑った。前に突き出した下顎と大きくて目立つ下の犬歯が、陽気なブルドッグを連想させた。

ビーチェ夫人は、最初に会った瞬間から、わたしに足りないのは食べ物でないことをお見通しだった。あの家で暮らした歳月、夫人は無理に母親代わりを務めようとはせず、ひたすら愛情を注ぎ、栄養たっぷりの食事を作り、勉学に勤しむわたしの熱意を評価してくれた。そして、相変わらずなかなか寝つけないわたしが眠りとの折り合いをつけられるように、夕食後には決まってカモミール茶を淹れてくれた。それは、彼女に課せられた役割をはるかに越えるものだった。

朝はビーチェ夫人が部屋まで起こしにきた。わたしは目を覚ましていて、たいてい本を読んでいた。

「まったく困った子ね。ほんとうに朝寝坊なんだから」毛布にくるまってまだ眠っている娘の巨体を見やりながら夫人はこぼし、二人で秘密を共有するように笑みを交わした。それからサンドラを起こしはじめるのだった。

わたしは、いまでも心の底からビーチェ夫人に感謝しているけれど、高校を卒業してからというもの、一度も会いに行ったことはない。ひとたび別れた人の許を訪れるという習慣が、わたしには欠落しているのだ。

その日の午後、わたしは父親が帰る前に、ベッドの上にならべられた品々のなかから、アドリアーナが使えそうなものを選んだ。服はどれも妹には大きすぎて無理だったけれど、帽子とストールなら問題なさそうだった。お願いだから怒らないで。土曜日、学校が終わったらすぐに帰る。三時に広場で待っててね。わたしはメモ用紙にそう書いて、帽子とストールと一緒に妹に渡してほしいと、父親に託した。

「こいつが悪いことをしたら叩いてくれ。あんたの娘だと思ってな」玄関口へとむかいながら、父親はビーチェ夫人に言った。敬語さえろくに使えない父親だったが、そのぞんざいな物言いのなかに、本当の母親としてわたしをかわいがってほしいという願いが込められていたのだと、いまなら思える。

「土曜日、村に戻る郵便バスに乗るとき気をつけるんだぞ。町からはバスがたくさん出とるから、行先を間違えんようにな」父親はわたしにそう言うと、ふたたび夫人にむきなおった。「できたら、最初だけでもバス停まで送ってやってくれ。それと、まだ場所もわからんだろうから、学校へも送ってやってほしい」

父親は、紛れもない自分の娘として話していた。それまで、わたしはおろか、ほかの子どもたちのことだって本気で心配したことなどないというのに。あるいは、わたしが気づいていなかっただけなのだろうか。わたしは、こみあげる感情を押し隠すために顔を伏せた。

「ほら、背筋をぴんと伸ばせ。猫背になっちまうぞ」

そのとたん、躾という名の強烈な平手打ちが飛んできた。父親のずっしりとした掌の痕がわたしの背中に残った。

父親が帰ってしまうと、ぼうっとしていたわたしに、サンドラが声をかけてくれた。

「荷物を片づけるの手伝ってあげる」

「なにか壁に貼ってもいい？」わたしは尋ねた。

「もちろんよ。画鋲《がびょう》ならここにあるから」

わたしは妹の描いた絵を貼った。夏の終わりを告げる雨の日に、夢中になって仕上げたものだ。花の咲き乱れる草原で手をつなぐわたしと妹が画用紙に描かれている。つないでいないほうの手で、わたしは表紙に「歴史」と書かれた本を持ち、妹はパニーノを握っている。パンのあいだからはみ出したハムは、ピンク色のなかに脂の白い丸があるから、モルタデッラだとわかる。アドリアーナの大好物だ。もうひとつ、色鉛筆が敏感に捉えた姉妹の違いがあった。アドリアーナは小さな歯を見せて笑っているのに、わたしは笑っていないのだ。アドリアーナには、いつだってそうした天賦の才があった。

わたしは絵を机の後ろの壁に貼り、そのそばに、陽射しから頭を護るために妹が使っていたハンカチも貼った。夏も終わり、今年はもう使わないだろうからと、こっそり持ってきたのだ。妹はよく、そのハンカチの端をうなじのところで手早く結んでいた。蚕豆の収穫に行ったときもそうだった。

「これを巻いとると汗をかくけど、ないと鼻血が出ちゃうんよ」妹は、そんなふうに言っていた。

四角い布の四隅に画鋲を刺すと、アドリアーナの髪のにおいがして、あたかも熱が引いていくように寂しさが和らいだ。それ以来、ハンカチは毎晩、色の褪せた模様とともに、わたしの目の前にあった。暗い部屋のなかで、図案化された家や木や籠がわたしの視線に刺激されて、蛍光色に輝きだしたかのようにちかちかする。それを見るたびに、妹や、妹が裏切られたと思っている約束のことを考えた。いつか妹をここに連れてこられたら、汚名も雪《すす》げるだろう。わたしはさっそく部屋の広さを目測し、もう一台ベッドが入ることを確認した。サンドラだって、ビーチェ夫人だって、さっき紹介されたばかりのビーチェ氏だって、もう一人下宿人が増えても嫌がらないに決まっている。アドリアーナの鋭いジョークに笑い、大人顔負けのユーモアのセンスに驚くことだろう。

わたしはあのころからすでに、自分だけが手にしている幸運をアドリアーナに分けてやらなければと思っていた。自分よりも妹のほうが、生きるにふさわしい気がしていたのだ。

わたしがいないあいだ、アドリアーナはどんな目に遭っているのだろう。夜になると、わたしの脳裏には妹の身に降りかかりそうな災難が次々と浮かぶのだった。わたしたちはすでに兄を一人亡くしていた。ひょっとすると、あの家が不幸を呼び寄せているのかもしれない。下宿住まいを始めたばかりの数か月、わたしは、眠れない夜を妹のことを考えて埋めていた。といっても、何年ものあいだ、不安に駆られて寝つけないでいる口実はほかにいくらでも見つかったのだけれど。いまだにわたしは、新商品のマットレスや、売り出されたばかりの薬、新しく開発された緊張をほぐすための方法など、不眠を解消する手段《てだて》を探し求めている。試す前から、しょせん短時間うとうとする程度で、ぐっすり眠れないことはわかっているのに。毎晩、輪郭のぼやけた恐怖という亡霊の群れが、枕もとでわたしを待ち受けている。

29

しだいにわたしは、その家での暮らしと家族に馴染んでいった。サンドラのお父さんはジョルジョさんといって、口数の少ない柔和な人だった。家族のなかで唯一、ジョルジョさんだけが痩せていた。夫を太らせることは断念したビーチェ夫人も、わたしの体重を何キロか増やすことには成功した。わたしを食べるつもりなどない、よい魔女みたいなものだ。お皿にたっぷりと盛られる料理を残すのが心苦しくて、わたしはいつも全部食べていた。

新学期の初日、父親の頼みどおり、ビーチェ夫人はわたしを学校まで送ってくれた。わたしは近道を覚えた。途中、鳥籠のなかでカナリアがさえずるバルコニーを見つけ、それからというもの、毎朝欠かさずカナリアに挨拶するようになった。

「ここで大丈夫です。ありがとうございます」淡い黄色の校舎と、校門の前で立ち話をしている高校生のグループがちらほら見えてきたところで、わたしは夫人に礼を言った。

そして、開いている校門のほうに一人で歩いていった。不安や昂揚感といった、さまざまな感情がこみあげて、喉もとで絡まった。おなじクラスの生徒には、何年も前に一緒のスイミング教室に通っていた女子がいた。わたしは下をむいていて気づかなかったが、彼女のほうから声を掛けてくれ、隣どうしの席に座ることになった。最近、家族と一緒にその地区に引っ越してきたそうだ。

「どうしてこの高校を選んだの？　たしか北海岸沿いに住んでたよね？」しばらくして、そう尋ねられた。

わたしは、なにか答えなくちゃと思って口をひらいたものの、そのまま閉じてしまった。なんと説明したらいいのかわからなかったのだ。真実を話すわけにもいかないし、かといって、もっともらしい嘘も、その時点ではひとつとして思い浮かばなかった。

「話すと長いのだけど……」ようやく小声で言いかけたところでチャイムが鳴り、わたしは内心ほっとした。こんど改めて話すことにしよう。それまでに、なにか適当な嘘を考えておかなくちゃ。

こうして、つねに羞恥心を押し隠して生活する日々が始まった。それは、まるで頬にできて消えない赤痣《あかあざ》のように、絶えずわたしにつきまとった。家族と離れて暮らしていることを先生やクラスメートに対して弁明するために、わたしはいかにもありがちな物語をでっちあげた。なにか尋ねられるたびに、軍警察官《カラビニエーレ》の父親がローマに転勤になったのだけど、わたしは生まれ育ったこの町から離れたくなかったのと繰り返した。それでいまは親戚の家に下宿させてもらってて、週末のたびにローマまで両親に会いに行ってるんだ。そんな作り話は、実際にわたしの身に起こったことよりも、はるかにもっともらしく響いた。

ある日の放課後、隣の席のロレッラから電話があり、数学のノートを貸してほしいと頼まれた。

「じゃあ、持ってってあげる。うちはどこか教えて」わたしは必要以上に意気込んで言った。

「あのね、いま、ママの車でちょうどあなたの住んでいる通りまで来てるの。どのマンション？」

わたしは罠《わな》にはめられ、もはや逃げられなかった。仕方なく、マンションの番地と四階に住んでいることを告げた。家にはビーチェ夫人しかいなかったのが、せめてもの救いだった。

「いまから高校のクラスメートが来るんですけど、伯母の家で暮らしてることになってるんです。話を合わせてもらえませんか？」

「いいわよ。でも、だったら敬語はやめたほうがいいかもね」ビーチェ夫人はそう言って、片目をつぶってみせた。もしかするとその目には憐憫《れんびん》の情がこもっていたのかもしれない。説明するまでもなく、夫人はわたしがおかれた状況を理解してくれたのだ。ロレッラが来ると、夫人がドアを開けて迎えに出た。「いらっしゃい。姪《めい》っ子がお待ちかねよ」

土曜には、ビーチェ夫人のほうからバス停まで送ると言ってくれた。バスでの道のりは果てしなく感じられ、不安は増す一方だった。村ではわたしのことなどみんな忘れているかもしれない。いいや、そんなはずはない。村で過ごした時間は短かったものの、確かな絆《きずな》ができたはずだった。

その週の月曜日、わたしは妹に宛てて葉書を送り、みんなによろしくと書き添えていた。いつしか葉書を書くのが習慣となり、週に一度、わたしという娘がいて、週末には家に帰ることを両親に思い出させるために、葉書を送りつづけた。アドリアーナとジュゼッペにはハートマークを描き、そのかたわらに「チュッ」と書いた。時期によっては配達に時間がかかり、土曜のバスで帰るわたしのほうが先に着くこともあった。

その日は、初めての帰省だというのに村の数キロ手前で事故があり、道がふさがれてバスが長時間立ち往生した。約束どおりの時間に迎えにきているのなら、妹はとっくに待ちくたびれているはずだった。バスが「ようこそ」という看板を通りすぎたとき、妹はもう広場にはいないだろう、一人だと家に入りづらくて嫌だな、とわたしは思っていた。ところが、バス停には握り拳を腰にあてて、両肘を外側に突き出した妹が待っていた。あの子がときおり見せる仏頂面をしている。すでに午後の四時近かった。

「うちには何時間も姉ちゃんを待ってる暇なんてないんよ。やることがいっぱいあるんやから」妹は不平をぶちまけた。

まだ生暖かい陽気だというのに、わたしが父親に託したウールの帽子を被り、ひどく滑稽な恰好だった。アドリアーナの芝居じみた言葉遣いは、妹をおいて家を出ていったわたしを許してくれたことを意味していた。わたしたちは互いの身体がつぶれるほど強く抱き合った。

わたしが町に戻ったことを新たな離別と捉えたのは、アドリアーナとわたしの二人だけだったのだろう。家に帰ると母親は、わたしが塩でも買いに五分だけ煙草屋へ行っていたかのような態度で接した。そのくせ、昼食のパスタがひと皿、火を消したオーブンのなかにとってあり、わたしが洗面所にいるあいだに温められていた。おそらく、学校が終わってバスに乗るまでに昼食をとる時間はないと判断したのだろう。

「こいつ、また来たのか」セルジョ兄さんが横目でわたしをにらんだ。

一週間留守にしたというのに、なにひとつ変わっていなかった。

十二月の金曜日にわたしは熱を出した。翌日の土曜日、ビーチェ夫人は断固として譲らず、わたしは村に帰らせてもらえなかった。仕方なくエルネストの居酒屋に電話をして、帰れないことを両親に伝えてほしいと頼んだ。エルネストはわかったと応じたものの、果たして本当に伝わるのか不安だった。常連客の甲高い声や乾杯する強化グラスの音で背後が騒がしかったからだ。わたしは、なによりアドリアーナをバス停で待たせたくなかった。そして、クリスマス休暇までの日にちを指折り数えた。

久しぶりに村へ帰ると、アドリアーナが目に見えて痩せていたうえに、家族全員と敵対していた。バッグを抱えて家に入ってきたわたしに対しても、かすかに顎をしゃくって挨拶しただけで、すぐに、ふてくされた顔をひきずるようにして一階の独り暮らしのおばさんのところへ行ってしまった。自分で事情を説明したくなかったのだろう。

「どうしたの?」わたしは、台所のテーブルの傍らで立っていた母親に尋ねた。すぐ脇の床では、バケツいっぱいのジャガイモが皮をむかれるのを待っていた。

「誰が?　アドリアーナかい?　頭がどうかしちまったんだよ。なにも食べないのさ。朝起きたら、マルサラ酒を入れて泡立てた生卵を食べるだけ。それも、食べているところを誰かが見ていようものなら残しちまう。だから、作ってやったらすぐに部屋に戻ることにしてるんだ」

「どうしてそんな態度を?」母親がとっておいてくれたカブとインゲン豆の煮物を食べながら、

わたしは尋ねた。彼女のむかい側に座り、むきだしのテーブルに置かれた皿を前にして。

「あの野良猫は、もうこの家にはいたくないそうだよ。あんたと一緒に町に行きたいんだと」

そして、信じられないというようにナイフを宙で振ってみせた。「学校に行かないって言い張って、ラバみたいに両脚を突っ張るんだ。父さんのびんたも怖くないらしい」

母親は首を横に振った。らせん状になったジャガイモの皮が床に落ちた。

「食べおわったら呼んでくる」わたしは言った。

「あんたの話なら少しは聞くかもしれないから、言い聞かせてくれないかい。父さんが、あの子まで死んじまうんじゃないかって心配して、毎晩、産みたての卵を持って帰るんだけどね。煉瓦工場に鶏を飼っている同僚がいて、譲ってもらうんだ」

わたしは一階まで妹を迎えに行った。ソファーに座っていた妹は、わたしの足音を聞いたとたん、手の届くところにあった雑誌を適当につかんで、読んでいるふりをした。ローテーブルにはクッキーの大皿が置かれていたものの、手をつけた痕跡はなかった。おばさんがどうにかして食べさせようとしているのだろう。母親に頼まれたにちがいなかった。ただし、アドリアーナはそんな見え透いたやり方に引っかかるタイプではなかった。

わたしは妹の隣に腰掛けた。そこは、わたしたちにとって我が家も同然だった。妹がつられて手を出すことを期待して、わたしはクッキーをぽつりぽつり食べてみせた。ずいぶん大きくなったのねとか、一段ときれいになったんじゃないのといった決まりきった挨拶のあと、マリアおばさんは台所で忙しなく働きはじめた。オーブンをいじっている。扉が開くときの、キイッという聞き慣れた音がした。ミートローフの匂いがリビングまで漂ってきた。アドリアーナは、首をすっと伸ばして『グランド・ホテル』のページに見入っていた。

「どういうことか説明してちょうだい」わたしは妹の耳に息を吹きかけながら尋ねた。

「フォト・ストーリー(絵の代わりに写真を用いた漫画)。見てわからんの？」アドリアーナは、いまにも泣きだしそうな黄色い声で話をそらした。

「雑誌じゃなくて、あなたよ。どういうつもりなの？」

「なんなん？」相変わらずわたしの顔を見もせずに、とぼけてみせた。

足を組み、わたしから距離をおくために上半身を軽く傾けている。膝の上の雑誌が、わたしがいるのとは反対側に滑り落ちた。ページが何枚かめくれて、たまたまひらいた別のページを、妹は必要以上に熱心に読みはじめた。

「ご飯も食べないし、学校も休みがちなんだって？ 家の人たちはみんな心配してるよ」

「心配なんてするわけないやん！ あいつら、うちが死んだって心配せんよ」そう言うと、いまにも破けそうな勢いでページを乱暴にめくった。

「なにかわたしにできることはない？」

すぐには返事がなかった。それでも妹は、痩せこけた腕をつかんだわたしの手を払いのけようとはしなかった。表情こそ見えなかったものの、抵抗していた力が少しずつ和らいでいくのを感じた。

「そのときが来たら話すから」妹はそう言って、ぱたんと雑誌を閉じた。「またね、マリアおばさん」立ちあがりざまに挨拶をし、部屋から出ていった。わたしも慌てて後を追った。マリアおばさんが台所から出てきて、わたしの顔を見ると、どうすることもできないけれど心配ねというように、唇をきゅっと結んだ。アドリアーナはさっさと階段をのぼりはじめていた。

そのまままっすぐ寝室にこもってしまったので、その日は妹抜きの夕食だった。弟のジュゼッペは、久しぶりに帰ったわたしにまとわりついて、離れようとしなかった。わたしは弟を寝かしつけてから、アドリアーナのところへ行った。その日、二人の兄がどこで夜を過ごしていたのか憶えていないし、なぜ寝室にいなかったのかもわからない。妹は上の段のベッドの縁に腰を掛けて足をぶらぶらさせていたが、わたしが梯子をのぼっていくと、ぴたりと動きを止めた。

「セルジョ兄ちゃんの馬鹿に壊されたん」一段分の板がないことに気づいたわたしに、妹が言った。「うち、もうこの家にいるの嫌」わたしが隣に座るのを待たずに、静かに話しはじめた。左手の甲にできた赤黒いかさぶたをはがしながら。

「姉ちゃんが町に行ってからずっと、どうしていいかわからないんよ。姉ちゃんとヴィンチェンツォ兄ちゃんのことばっか考えてる」そうして、誰も片づけられずにそのままになっている、主《ぬし》のいなくなったベッドを顎でしゃくってみせた。

妹は、爪で剝がせなかったかさぶたを歯でかじりとった。下から現われた生々しいピンクの新しい皮膚は、肌をうるおす血液の圧力にいまにも屈しそうだった。

「うちも姉ちゃんとこ行かせて。下宿先のおばさんに頼んでみてよ。すごく優しい人なんよね？」妹は、あたかもこの世でいちばん簡単なことのように言った。

「おばさんが優しいかどうか、どうしてアドリアーナにわかるのよ。それに、もう一人分の寝場所なんてない。下宿先の子とわたしで、部屋はぎゅうぎゅうなんだから」わたしは、急にきつい口調になった。

「けど、うちそんなに場所とんないもん。姉ちゃんのベッドで一緒に寝れるよ。一人は頭、もう一人は足で互い違いに眠ればいいやん。姉ちゃんがこの家に来たばっかのこと、忘れたん？」妹は、物乞いの子どもを思わせる、すがるような眼差しで言った。

むろん忘れるはずはなかった。それでも、なぜか身体の奥から抗《あらが》おうとする力が湧きおこった。そんな力がどこから湧いてくるのかわからなかった。妹を下宿先に連れていくことを何度も夢見ていたはずなのに。わたしは、ベッドの後ろにある間仕切りに頭をもたせた。両親の寝室とわたしたちの寝室は、一枚の板で隔てられているだけだった。

「それに、もしいいって言ってくれたとして、誰が下宿代を払うの？」わたしはそう言いながら、指の関節でそっと板を叩いた。

「あの二人は持っとらん」アドリアーナが間髪を入れずに答えた。それから、熟考したうえでの淀みのない口調で付け加えた。「けど、持っとる人ならおるやん。お願い、アダルジーザに頼んでみて」

わたしは慌てて姿勢を正した。「そんなこと、よく思いつくわね。頭がどうかしてるんじゃないの？　わたしは、どこに行けばあの人に会えるかも知らないんだよ」

「だったら、いい。もう、ぜんぶどうでもいい。うちが飢え死にしても悲しまんでね」そう言うと、妹は正面の壁をじっと見据え、ふたたび両足をゆっくりと揺らしはじめた。あの子はいつだってわたしより一枚上手《うわて》だった。一種の計略のようなものが頭のなかにできあがっているのだ。大人並みの駆け引きの術《すべ》を心得ていた。

「お願いだから聞き分けて。それでなくたって、あの人はわたしの教育費を負担してくれてるのよ。アドリアーナの面倒までみる理由なんてない。自分の娘じゃないんだし……」わたしは脂汗をかいていた。

「そんなら、姉ちゃんだって本当の娘やないやん。アダルジーザは何年か姉ちゃんを預かってただけで、またこの家に返したんやから」

わたしは必死で彼女を弁護しようとした。ほかの人があの人を悪く言うのは我慢できなかったのだ。

「病気になって、わたしの面倒をみられなくなったから仕方なくそうしたの。わたしを傷つけないためにしたことだよ」

あのとき、もしもアドリアーナがわたしの顔を見たら、おそらくそれ以上なにも言わなかっただろう。けれども、妹の視線はベッドの前の薄汚れた壁に注がれていて、わたしの顔に浮かんだ苦悩を知覚していなかった。

「病気なんて、そんなはずあるわけないやん！　姉ちゃん、まだそんな御伽噺を信じてるん？　あの人が吐いてたのは妊娠してたから。そんなことにも気づけんなんて、どうかしとる」

「あんたって子は、とことん馬鹿なのね」わたしは勢いよく頭を振った。「あの人は子どもができない体質なの。だからわたしを養子にしたんでしょ」

「子どもができんかったのは、旦那さんのほうだったんよ。だってアダルジーザはいま、赤ちゃんと暮らしとる。父親は軍警察官《カラビニエーレ》の叔父さんとは別の人。そんで、話がこんなややこしいことになったんよ」

「あんたになにがわかるのよ！　なにも知らないくせに、ひどいことばかり言わないで」わたしは不快感をあらわにして息巻くと、そのままそっぽをむいた。こめかみの内側で血管が怒り狂ったように脈打っていた。まるで、なかに悪魔が閉じ込められていて、内側から拳で叩いているみたいだった。

「みんな知っとるよ。うちは母ちゃんと父ちゃんが話してるのを聞いたん。赤ちゃんが大きくなってきたのに、洗礼式のお祝いもまだできてないって気にしとった」

　こうして、一九七六年のクリスマスイヴの前日、わたしはアドリアーナにありのままの現実を目の前に突きつけられた。

　クリスマスを祝う昼食は、わたしもアドリアーナもなにも手をつけなかったので、残った分の溶き卵入りカルドンのスープは、翌日、聖ステファノの日に食べることになった。その日は雪が降っていた。

　前の年にアダルジーザから届けられた二段ベッドの上の段で、わたしは言い返すべき言葉を失っていた。アドリアーナの左手をつかむと、肉のなかに思いっきり爪をめりこませて甲を引っ掻いた。かさぶたができかかっていた傷がひらき、周囲に血が流れ出すのを二人して見つめていた。爪が、わたしに残された唯一の武器だった。妹は悲鳴もあげず、手を引っ込めようともしなかった。わたしは手を離すと、妹の背中を押して下に突き落とした。けれども、妹はベッドからどうやって落ちれば痛くないかを心得ていた。

わたしは、それまでに経験したことがないほど激しく泣きじゃくった。

そして、ベッドに横たわったままじっとしていた。意思とは裏腹に身体は呼吸を続け、全身で脈打っていた。アドリアーナは上の段には戻らないほうがいいと判断したのか、わたしの激しい憎悪から数十センチ下の床で身を縮めていた。

30

アダルジーザがエルネストの居酒屋に電話をかけてきたとき、受話器のむこうで聞こえた奇妙な鳴き声。やっとその正体がわかった。赤ん坊の泣き声だったんだ。あの人の赤ちゃんの。そして、あの人のことを呼んだ男の声（たぶん「起きたぞ」と言ったのだろう）は、間違いなくわたしが耳慣れた声よりも太かった。お父さん？と訊いたら、あの人は、いいえ、テレビの音よと答えた。なにがテレビなものか。

ベッドで横になっていたのも、妊娠初期のつわりのせいで、病気じゃなかったんだ。あの家で一緒に暮らしていた最後の数週間、あの人がいきなり泣きだすことがあったのも、わたしと別れるのがつらいからだと思っていたけれど、そうじゃなかった。いつかの晩、夫婦の寝室の閉ざされたドアのむこうから聞こえた口論。電話の呼び出し音が鳴って、わたしが受話器を取ると、決まって流れた沈黙。それに、医者や薬局に行くと言っては、いそいそと出掛けていったあの態度。薬なら買ってきてあげるから処方箋をちょうだいと言っても、あの人は、大丈夫、今日は調子がいいの、少しは外の空気も吸わないとね、と答えたっけ。そういえば、わたしが前を通りかかったときには確かに休診中だったのに、あの人が診療所へ行ってきたと言いながら帰ってきたこともあった。

のろのろと走るバスの車内で、わたしはまたしても、それまで見過ごしてきたいくつかの手掛かりを結びつけていた。それらは毎回おなじだったものの、ときおり新たな細部を思い出すことがあった。いつまで経っても半分残ったままだったトイレの生理用ナプキンの袋。思い返してみると、もうあなたも成長して一人で留守番できるようになったからと言って、アダルジーザは連日のように教会へ出掛けていた。教理問答を教えていた彼女は、子どもたちが使徒信条を暗唱するのを、指で教科書をとんとん叩きながら聞いていたものだった。以前、よく仕事場へ一緒に連れていってくれたころのあの人を、わたしはそんなふうに記憶していた。

宿題のノートをビーチェ夫人の家に忘れてきたという口実で、わたしはまだ冬休みが明けないうちに下宿先に戻ることにした。本当はどうしても確かめたいことがあったのだ。それに、アドリアーナによると「みんな知っとる」らしいその家に、一日たりとも長居はしたくなかった。あの晩、わたしは恥ずかしくて死にそうだった。養母は、本当の子どもが生まれるから、わたしを産みの母親に返したのだ。みんながそのことを知っていたのに、わたしだけ知らなかったなんて。

知らされた直後の数時間、わたしはどん底の暗闇のなかで胸の鼓動を止めようとした。わけのないことのはずだった。水中を潜っているときのように、ただ息を吐きつづければいいのだから。わたしは声に出さないで数を数えながら、わずかに肺に残った酸素が血液に溶け出し、しだいに重苦しくなる眠気に呑み込まれた挙げ句、死が訪れるのを待った。なのに限界に達するたび、ひゅーっと長い音を立てて深く息を吸ってしまうのだった。ちょうど、窒息しないために水面に浮かんでは息を胸いっぱいに吸い込む水泳選手のように。慣れ親しんでいたはずの世界が、周囲でがらがらと音を立てて崩れはじめた。空が砕け、その破片が重みのない舞台装置のようにわたしの全身に降り注いだ。

クリスマス前日の明け方の光で窓の外が白むころ、間仕切りのむこうで父親が起き出す気配がした。続いて、古くなって弛《たる》んだベッドのワイヤーネットが、ぎいぎいとリズミカルな音を刻みはじめた。それは、ヴィンチェンツォが死んでからというもの、途絶えていた音だった。

ややあって母親が台所にやってきた。わたしはしばらく前からそこにいて、まだ明るくなりはじめたばかりの薄闇のなかで座っていた。母親はすぐにはわたしがいることに気づかず、わたしが動いたものだから、びくっとした。

「あの人に赤ちゃんができたこと、どうしてわたしには教えてくれなかったの？」

母親は両腕をひろげて椅子に座ると、静かに頭を振った。ずっと前から尋ねられることを予測していたものの、なんと答えていいのかいまだにわからないとでもいうように。

「あの人が自分で話すと言ったのに、時ばかり経って、いつの間にか来なくなっちまったんだよ」

「父親は誰？」

「知らないね。子どもができなかったのは旦那のほうで、別の男とはすぐに妊娠したらしい」

「きっと教会に通ってた人ね。あの人、いつも午後は教会で過ごしてたもの」わたしは、頭のなかで考えていることをそのまま口にした。わたしも椅子に腰掛けて、脇にあったテーブルに腕をのせた。

「相手が司祭じゃなくてよかったよ」母親はジョークを言ったつもりらしかった。「コーヒーを淹れよう。あんたも少し飲むかい？　もう大きくなったんだからいいだろ？」

そして立ちあがった。エスプレッソメーカーとスプーンの音が聞こえてくる。わたしは母親のほうを見ていなかった。数分後、こぽこぽという音とともに芳しい香りが空気中に漂いはじめた。わたしは、フォーマイカ（メラミン製素材）のテーブルにコーヒーカップを置こうとした母親の手首をつかんだ。わたしが飲むはずだった少量のコーヒーが、テーブルの上にこぼれた。

「どうして教えてくれなかったのよ？」

母親は、コーヒーがこぼれたことを怒りはせず、香りの高い熱い液体がテーブルの縁までひろがるのをじっと眺めていた。一滴、また一滴としずくが垂れる。そのにおいから、すでに砂糖が入っていたことがわかった。わたしは彼女の手首を強く握りつづけた。つかんだ指のまわりの肌が血の気を失って白くなった。

「こんな悲しいことを告げるのは、もう少し大きくなってからでいいと思ったのさ」

わたしは握っていた手の力を緩め、母親の腕を押しやった。

「どこにいるの？」

「誰が？」

「アダルジーザと赤ちゃん」

「あの人がどこで赤ん坊と暮らしてるかなんて、あたしは知らないね。だから、まだ出産祝いにも行けてないんだよ」

わたしはテーブルの上と床にこぼれたコーヒーのしずくを、スポンジで拭きとった。

「とにかく、妹の真似をしてなにも食べないのはやめておくれ。あんたにも生卵を泡立ててやろうか。クリスマス用に山ほど買ってあるから」

母親がそれを作りはじめる前に、わたしは台所を出た。


アドリアーナとは、そのあとの数日も口を利かなかった。罪悪感を抱いている妹が、こちらの様子をうかがうような視線を注ぐのをわたしは感じていた。妹は一階の独り暮らしのおばさんのところへも滅多に行かず、いつも一定の距離を保ってわたしのそばにいた。ある晩、ベッドで読書をしていると、手から本がすべり落ちた。そのとたん、妹がわたしよりも早く、いつもの猫のような身のこなしで梯子から下りてきて、本を拾ってくれた。

「素敵なお話？」本をめくりながら尋ねた。

「たぶんね。まだ読みはじめたばかりなの」

妹は床にひざまずき、ページを何枚かめくった。「なにこれ。絵がひとつもないん？　読みおわったら貸して。うちも中学生になったから、小説も少しは読めるようにならんとね」

「いいよ」わたしがそう返事をすると、アドリアーナは喜び勇んでベッドの上の段にのぼっていった。

ハンガーストライキを中断したアドリアーナに倣って、わたしも、薬みたいに苦く感じられる食べ物を飲み込もうと努力した。みんなの注目を集めないように、最低限の量だけは口にした。

その本を、わたしは出発する前にアドリアーナの枕の上に置いた。家のどこを探しても妹の姿は見当たらず、バスに乗り遅れそうになったので、別れの挨拶もしないまま家を出た。空き地を過ぎたところで、後ろから足音が聞こえた。妹が息せききって追いかけてくる。

「マリアおばさんにしつこく呼ばれて、なかなか帰らせてもらえないから、逃げてきたの。家具を動かすのに手を貸してくれって頼まれて……」そう言いながら、わたしが提げていた鞄の持ち手を片方つかみ、重さを分かち合ってくれた。そうしてならんでバス停にむかって歩いていると、手をつないでいるような感覚だった。

「たぶん、うちはときどき余計なことを言いすぎる」上り坂で息を荒くしながら、アドリアーナが自分の非を認めた。

「真実を話しただけなんだから、アドリアーナはべつに悪くない。間違ってるのは真実のほうだよ」

わたしはバスのタラップで振り返って、妹のことをじっと見た。「下宿のおばさんに、もう一人おいてもらえないか訊いてみるね。アドリアーナの言ったとおり、優しい人だから」

けれども下宿に戻り、ジョルジョさんが玄関を開けてくれたとき、わたしが訊きたくてたまらなかったのは、それとは別の質問だった。少なくともそれから数日間、わたしはアドリアーナのことを忘れていた。そのとき家にはジョルジョさんしかおらず、夫人とサンドラは病院に行っていた。転んだわけでもないのに、サンドラが脚を骨折したらしかった。わたしは、身体の重みで骨が砕けたのではないかと思った。翌日の朝には退院できるけれど、とりあえずその晩は、夫人も病院に付き添うことになったということだった。つまり、翌日まで待たないと夫人とは話せそうになかった。親友のパトリツィアに電話をしてみたら、夕飯を食べにおいでと誘われた。町の高校に通うようになってからというもの、彼女とは不定期で会っていた。

わたしが玄関でコートを着ていると、ビーチェ夫人がドアの反対側から鍵穴に鍵を差し込んだ。なにかを取りに戻ったらしく、急いでいる様子だった。わたしは礼儀上サンドラの具合を尋ねたけれど、返事は聞こえていなかった。正直それどころじゃなかったのだ。

「叔母の電話番号をなくしちゃったんですけど、教えてもらえませんか？」

ビーチェ夫人は少し驚いたふうだった。アダルジーザが話題にのぼるたびに、わたしが無口になることに気づいていたのだろう。夫人がわたしについてなにを知っているのかわからないが、叔母のアダルジーザが学費を出していることは知っているはずだった。

「前の電話番号ならわかるけど、最近引っ越したみたいで、新しい電話番号は聞いてないのよ。ごめんなさいね」

「じゃあ、どうやって……お金を受け取っているのですか？」わたしは夫人の顔を見ないようにして、思い切って尋ねた。

ビーチェ夫人は一瞬息を止めた。おそらく話していいものか決めかねていたのだろう。そのうえでこう言った。「毎月、最終の金曜日に届けにくるの」

ということは、午前中、わたしが学校に行って留守のあいだに来るにちがいない。でなければ会っていたはずだ。

「一人で、ですか？」そんな質問が口をついて出た。

「ええ、そうよ。だけどごめんなさい、いまちょっと急いでて……。病院でサンドラが待ってるの」そう言って、いったんはバスルームのほうへ歩きだしたものの、立ち止まった。わたしはドアに手をかけたまま、玄関にいた。「冬休みの終わりまでまだあるのに、そんな暗い顔をして帰ってきて、どうしたの？　お友達のところへ遊びに行くことになってよかったわね。少しは気晴らしになるでしょう。もし泊まりたかったら、泊まってきてもいいのよ」

31

わたしの目の前にパネットーネ（クリスマスに食べるドーム型のケーキ）がひと切れ置かれていた。テーブルにはクリスマスの絵柄のクロスがかかっている。端に、プレゼントを積んだ橇《そり》を引くトナカイがならんでいるのだが、生地をカットしたときに先頭のトナカイの頭が切り落とされてしまったせいで、ほかのトナカイたちもおなじ運命にむかって突き進んでいるように見えた。

「あなたもドライフルーツが嫌いなの？」手をつけようとしないわたしを見て、パトリツィアのお母さんのヴァンダが尋ねた。

その言葉で、それまで抑えていた感情がなぜか一気に解き放たれ、ドライフルーツや干し葡萄、黄色くてふわふわの生地の上に、涙がぽたぽたこぼれた。ヴァンダに目でうながされたお父さんのニコラは、リビングに移動してテレビをつけた。わたしの隣の椅子に座っていたパトは、緊張に身体をこわばらせて母親の顔をうかがっている。その日の夕食の席は、ニコラがときおり話題をふろうとしたものの、誰もそれに乗ることはなく、めずらしく静まり返っていた。ナイフやフォークがお皿にぶつかる音以外、なにも聞こえない。まるで長いことかわいがっていた猫が死んでしまったみたいだった。

「お母さん、病気じゃなかったの。妊娠してたんだって」わたしは赤いナプキンで頬の涙を拭いながら言った。「村に帰される前に、どうして気づかなかったんだろう」

「あのころのあなたは、まだその手のことに敏感な年頃じゃなかったのよ」ヴァンダが、テーブルをまわってわたしのそばに来た。

「生まれた家にわたしを戻したのは、そのせいだったの。わたしはなにも悪くないのに。赤ちゃんの世話だって手伝ってあげられたはずなのに」

「アダルジーザはなんて言ってた？」

「妹から聞いたの」

ヴァンダは、信じられないという表情で、わたしの肩に手を置いた。わたしは、ウールのセーターに包まれた柔らかな彼女の脇腹に頭をうずめた。すると、ヴァンダがそっと抱きしめてくれた。疲れていたわたしは目を閉じた。少しの時間でいいから、ヴァンダがそのまま黙って動かずにいてくれることを願った。そうやってほんの一時《いっとき》、誰かの身体に寄りかかって、その香りに身を預け、忘却にひたりたかった。

「そんな話を子どもにさせるなんて、ひどすぎる。いつかアダルジーザが話すのだろうと思ってたのに。きちんと自分で説明すべきことだわ」

脇腹に当てたわたしの耳の下の奥のほうで、ヴァンダの憤懣《ふんまん》が細かく震えた。わたしは、まるで感電したかのように身体を起こした。

「でも、あの人がいつビーチェ夫人のところに毎月の下宿代を払いに来るかわかった。いつも午前中、わたしが学校に行っているあいだに来るんだって。次に来るときには家で待ち伏せしてやる」

ヴァンダを呼ぶニコラの声がした。急ぎの電話がかかってきたらしい。

「その日、わたしも学校を休んで、そばにいてあげる」それまで黙っていたパトリツィアが言った。

「ううん。一人で平気」

「そういえば、アダルジーザが赤ちゃんと新しい男と一緒にいるところを、一度見かけたことがある」ふいに記憶を取り戻したかのようにパトリツィアが言った。「前に教会に通ってた人だよ。奥さんを亡くした男の人がいたの憶えてる？　筋肉質でハンサムな……」

相手の男なんてどうでもよかったが、言われてみると、おぼろげな記憶がよみがえった。確かわたしたちの通う教会で結婚式を挙げた人で、奥さんに先立たれてからというもの、午後はよく教会に来ていた。

パトリツィアまで、知ってたくせにいままでずっと黙ってたんだ。パトと軽い口論になった。とはいえ、いまさら驚きもなく、一種のあきらめのほうが強かった。

「赤ちゃんは？」しばらくの沈黙のあと、訊いてみた。

「よく見なかった。男のほうに気をとられてたし、赤ちゃんは寝てたから」

どっちが抱いてたかくらいは憶えてるでしょ、となおも食いさがったところ、アダルジーザだと教えてくれた。よくよく考えると、わたしにとっては異父きょうだいですらないのだ。その子の母親は、わたしの実の母親ではないのだから。

パトリツィアはわたしを噂話に引きずり込みたかったらしいけれど、それは、わたしにとってはあまりに酷だった。

「余計なことを言わないの」部屋に戻ってきたヴァンダが、娘の会話を聞きつけてたしなめた。

それからしばらくして、一週間後にパーティーがあるから一緒に来てほしいとパトに懇願された。わたしは少しも気が進まなかったが、彼女は引き下がらない。わたしたちは、パトリツィアの部屋に敷かれたインド製の絨毯《じゅうたん》の上で、胡坐《あぐら》をかいてむき合っていた。サイドテーブルに置かれたランプからは、色とりどりのステンドグラスの光が洩れている。パトは、間違いなくパーティーに来るだろう共通の男友達の名前を挙げたあと、中心街の店で買った、生まれて初めてのハイヒールを見せてくれた。うちのママの靴を履けばいいじゃない。彼女はそう言い張った。サイズがおなじなんだから。そこへ、ヴァンダがおやすみなさいの挨拶をしに部屋へ来た。するとパトリツィアは母親に援軍を求め、わたしを説得するように頼んだ。わたしは、パーティーなんて興味がないと繰り返した。

「あなたはひとつも恥ずかしがることなんてないのよ。すべてあなたの意思とは関係なく起こったことなんだから。すべての責任は大人たちにあるはず」ヴァンダは諭すように、ぴんと伸ばした人差し指を高く掲げてそう言った。

「ありがとう。でも、楽しそうに過ごす高校生の輪になんて入れない。わたしはもう、自分がほかのみんなとおなじだとは思えないの。以前はわたしも仲間だと思ってたのに、すべて偽りだった。わたしはみんなと違う運命を背負って生まれてきたみたい」わたしはヴァンダだけを相手に喋っていた。まるで、絨毯に座ったパトリツィアが目の前にいないかのように。

「運命だなんて、年寄りが使う言葉よ。十四歳のあなたがそんなもの信じちゃダメ。どうしても信じたいのなら、いっそのこと変えておしまいなさい。確かにあなたはほかの子たちと違う。だって、あなたみたいに芯の強い子はいないもの。つらい目に遭いながらも、自分の足で歩んでいる。ひねくれることもなく、なんでもきちんとこなし、そのうえ一学期の成績が平均八なんて、誰にでも真似できることじゃない。わたしたちは心の底から感心してるのよ」あなたもそうよね、とばかりに娘の顔をちらりと見ながら、ヴァンダが言った。

「ひねくれずにいることも、なんでもきちんとこなすことも、勉強することも、正直しんどくてたまらないの」

ヴァンダはため息をついてベッドの縁に腰をおろした。「わかるわ。だけど、お願いだからそのままでいてちょうだい。おかしな考えに惑わされたりしないでね」

パトリツィアがわたしの手首をつかんで、ぎゅっと握った。

「わたしたちは親友よ。昔もいまも変わらない」

「ずっと親友ね」わたしは前かがみになり、お互いの額がこつんと小さな音を立ててぶつかるまで、パトリツィアのほうに顔を寄せた。

下の通りから、ひと足早く主顕節《エピファニア》を祝う空砲が聞こえた。

32

近くの街灯から立ちのぼるわずかな明かりを頼りに、わたしは服を脱いだ。町の上にひろがる澄んだ空からも、いつになく乾いた光が垂れさがっている。ビーチェ夫人のバルコニーでは、去年の夏に使用したデッキチェアがそのままになっていた。パジャマの上下、靴下、まだ身体の温もりが残るインナーと脱ぎながら、順に背もたれに掛けていく。星の青白い光が胸のあたりでぼんやりと反射した。部屋では、ギプスで固定された脚を肌掛けの下で柱みたいに立たせたサンドラが夢を見ていた。

思惑どおり寒さが襲ってきた。あとは時間の問題だ。全身が震えだし、歯もがちがち鳴った。わたしは持ってきた目覚まし時計で時間をはかりながら、三十分間、そのまま裸でバルコニーにいようと決めていた。はじめのうちは時計を手に持ち、夜光塗料がほどこされた分針の、ほとんど知覚できない動きを凝視していたけれど、ほどなく時計は足もとに置いて、デッキチェアに座ることにした。乳首が勃《た》って痛む一方で、心臓からもっとも遠い足の指は、壊死《えし》したみたいに感覚がなかった。光る文字盤の呆《あき》れるほどのろのろとしか進まない緑の針とにらめっこしながら、わたしは翌朝言うつもりの台詞《せりふ》を口のなかで何度も唱えていた。一月の最後の、木曜から金曜にかけての晩のことだ。朝までには意地でも熱を出さなければならなかった。

翌朝の八時少し前、部屋から出てこないわたしを心配したビーチェ夫人の影が、ドアの磨りガラスのむこうに現われた。そのとき、わたしはすでに風邪をひいていた。咳をしているのを聞いて、夫人はサンドラのサイドテーブルの引き出しから体温計を探してきた。測ってみると三十八度を超えていた。

「これじゃあ学校へは行けないわね。朝ご飯を持ってきてあげる」そうしてキッチンのほうへ二歩ほど歩みだしたものの、なにか気になることがあったらしく、ふと立ち止まった。しげしげとこちらを見ている。

わたしはベッドに入ったまま本をひらいたものの、一ページも読み進められずにいた。何行か読んではみるのだが、なにも頭に残らないものだから、そのたびにまたおなじ段落から読み返さなくてはならない。目を覚ましたサンドラにかけられた言葉も、空白の時間の流れに落ちていった。わたしは玄関の呼び鈴の音を待っていた。最初に鳴ったのは、受け取りのサインが必要だという郵便配達の人だった。十一時にようやく、アダルジーザが呼び鈴を鳴らした。あの人が階段をのぼってくるあいだ、ビーチェ夫人が一瞬わたしの部屋をのぞき、どうするつもり？という顔をした。

「話がしたいの」と、わたしは答えた。

「わかったわ。それじゃあ、用が済んだら声をかけるわね」そう言うと、夫人はドアを閉めた。近づいてきた足音が、玄関のあたりでゆっくりになった。次いで、わたしを育てた女の背後でかちゃりと鍵の閉まる音がした。挨拶を交わす声。わたしが部屋で耳を澄ませていることを、アダルジーザはまだ知らない。二人はキッチンに入っていった。きっとコーヒーを淹れるのだろう。ほどなく椅子をひきずる音が聞こえた。わたしは、またしてもあの人に逃げられるのではないかと不安になり、呼ばれるまで待てなかった。

わたしの姿を認めたときのアダルジーザの目。それは、いまでももっとも鮮明にわたしの心に焼きつき、おそらくもっとも深い傷となっているあの人の記憶だ。罠にはめられて逃げ場を失った者の目をしていたのだ。葬り去った過去から、彼女を責めさいなむために亡霊が現われたとでもいうように。彼女の前にいたのは、まだ子どもと言っても差し支えないくらいの年頃のわたしで、恐怖心を引き起こすことなどないはずなのに。

アダルジーザは上半身を軽くひねり、体重を一方に傾けて椅子に座っていた。顎の大きなほくろがいつもより黒々と見えたのは、まわりが青ざめていたせいだろう。ほくろから生えている毛は剃られ、先端だけが表面からわずかにのぞいていた。シュガーポットの脇に置かれた紙幣が、テーブルの茶色い木目の上でひときわ目立っていた。毎月、わたしのためにアダルジーザが支払っている下宿代だ。

「学校はどうしたの？」普段よりも派手めの赤で塗られた唇を動かしながら、彼女はようやく言葉を発した。

わたしは返事をしなかった。全身が燃えるように熱く、壁にもたれてかろうじて立っていた。

「熱があるのでお休みさせたんです」ビーチェ夫人が代わりに答えた。「なにか話したいことがあるそうなので、食堂へ移動しませんか？　あそこなら誰にも邪魔されずに話せますから」

そう言ってわたしたちを別の部屋へ案内した。前を歩いていたアダルジーザの足が、ヒールのあるスエードのパンプスのなかで戸惑っているようだった。その身体つきは以前にも増して女らしく、柔らかなふくらみを帯びていた。廊下を進んでいく彼女が、乳白色の霞《かすみ》のようなものに包まれて見えた。夫人にうながされるまま、わたしたちはふだんあまり使われていない部屋に置かれた長方形のテーブルに座った。夫人がすぐに出ていったので、二人は無言でむき合った。アダルジーザのグリーンのニット地の服が、豊かになったバストのせいで伸びていた。

わたしはもはや焦ることなく彼女を観察した。これまで散々ひどい仕打ちに遭わされてきたお蔭で、自分が強くなった気がした。烈《はげ》しい憤りを覚える反面、すでに長い時間が経過していたので、心は穏やかだった。わたしは一年半も待ち続けたのだ。いいかげん、彼女が説明を始める番だった。

アダルジーザは、膝の上にあった両手をテーブルにのせた。どの指にも指輪はなく、結婚指輪もしていなかった。わたしは赤ちゃんのことが気になった。この時間、いったい誰が面倒をみているのだろう。もうすぐ十二時になるというのに、母親はまだ帰途についてもいないのだ。彼女がため息をついたため、胸もとにぶらさがっていたハートのペンダントが浮いて、きらめいた。

「わたしはずっとあなたを大切に思ってきたし、いまも変わらず大切に思っている」アダルジーザはそう切り出した。

「そんなことどうだっていい。本当に大切に思ってるなら、こんな目には遭わせないはずでしょ。なんでわたしを追い出したのか説明して」

「わたしだってつらかった。あなたがどう思っているのかわからないけれど……」彼女は、浮き彫りのほどこされたテーブルの縁を人差し指でなぞっていた。

「どう思えっていうの？　あんたが言ったことはみんな嘘。元の家族がわたしを引き取りたがってるなんて。村じゅうの人が知っているのに、誰もなにも教えてくれなかった。あんたがずっと吐き気がすると言って寝込んでたから、重い病気なのかと思ってたの。わたしはあんたのことを心配してたのに。電話をしても誰も出ないし、二回も家に行ってみたけれど、閉め切ってあった。だから、どこか遠くの病院に入院してて、死にかけているのかもしれないって思った。でも、いつか病気が治って迎えにきてくれるって信じて、何か月も待ってたんだから」

アダルジーザは、隣の椅子の背もたれにかけてあったハンドバッグからハンカチを出して、涙を押さえた。

「わたしだってつらかった」首を横に振りながら、おなじ言葉を繰り返した。

「なんで本当のことを話してくれなかったのよ」わたしはテーブル越しに彼女のほうへ身を乗り出した。

「真実を伝えるには、あなたはまだ小さすぎた。もう少し大きくなるのを待ってから話すつもりだったの」アダルジーザも、もう一人の母親とおなじことを言った。

言葉を中断しないように抑えていた咳が立て続けに出て、会話はそこでしばらく途絶えた。

「結婚は永遠に解消することのできない秘跡だって、いつも教会で子どもたちに話してたじゃない」

「生まれてくる赤ちゃんのそばには、父親が必要だったのよ」アダルジーザはそう弁解した。

「あなたが怒るのは無理ないけれど、わたしが一人で決めたことじゃないの」

「わたしも新しい家に連れていってくれたらよかったのに。そうすれば一緒にいられた」

わたしはうわずる声を抑え、泣きだすまいと努力した。突然、身体の内部の熱がいちどきに押し寄せて、とてつもない疲労感に襲われた。

「できるだけあなたのためになるようにって考えたの。あなたを手放すのはつらかったけれど、ああするよりほかに仕方なかった」

「新しい旦那さんはなにも言わなかったの？　わたしを引き取るって言ってくれなかった？」

「あのころ、あの人はいろいろと問題を抱えていて、あなたまで養う自信がなかったのよ」

彼女は両手を膝の上に戻して、うつむいた。わたしは椅子の背もたれに上半身を投げ出し、シャンデリアの、無数の切子《きりこ》面がきらめくドロップを見つめていた。地震のときのように細かく揺れている気がしたが、熱のせいだった。

「一度も会いに来てくれなかったじゃない。それどころか、わざとわたしを避けていた」

「話すべきときを待ってたの。そう言ったでしょ。それでも、離れたところから援助してきたつもりよ」

怒鳴りつけてやろうと思っていた台詞は、忘れてしまったか、どうでもいいことのように力なく口から洩れるだけだった。しょせん、この人に対してなにができるというのだろう。しばらく前からいじくっていたパジャマのボタンも、彼女のほうに弾け飛んだものの、当たりはしなかった。

わたしたちはしばらく互いに口をつぐんでいた。彼女の口もとには、唇というよりも、紅で描かれた二本の細い線があるばかりだった。ややあって、アダルジーザが軽く人差し指を立てた。

「あなたがどうしているのか、いつだって気にかけてたわ。わかってちょうだい。決してあなたに対する責任を放棄したわけじゃない」

「もういい」わたしは顔をそむけて、壁に飾られた古いフィレンツェの版画のほうを見た。キッチンからはビーチェ夫人が料理をしているラグーソースの香りが漂ってくる。そのうちに鍵の音がして、玄関のドアが開き、ふたたび閉まった。ジョルジョさんが昼休みで帰宅したのだ。

「それで、いまは幸せなの?」非難と一種の好奇心とが入り混じり、そんな質問がわたしの口をついて出た。

アダルジーザは返事こそしなかったものの、一瞬の間をおいて顔を輝かせ、ハンドバッグから財布を取り出した。そして大切そうに抜きとった写真に微笑みかけると、テーブルの上に置き、満悦の表情でこちらへ差し出した。わたしは、彼女の目の前でその写真を破り捨てたい衝動に駆られたが、必死で堪えた。そこまで落ちぶれてはいないと自分に言い聞かせながら。一瞥もせずにその赤ちゃんを裏返しにすると、母親のいるほうのテーブルの縁まで押し返した。彼女は、床に落ちる直前に写真を受け止めた。

むこうから食器をならべる音が聞こえてきた。ビーチェ夫人がテーブルの支度を始めたようだ。はっとしたアダルジーザは、以前からいつも手首にはめている小さな金色の腕時計に目をやり、慌てて立ちあがった。わたしは身じろぎもしなかった。いくら話をしても、相変わらずなにも理解できないままだった。

「ちょっと待って。妹のアドリアーナのことでお願いがあるの。あの子をずっとあの村においておくわけにはいかない」

「いま何年生だったかしら？」アダルジーザは先を急ぐ気持ちを押し隠して尋ねた。

「中学一年」

「それは、今度会ったときに話しましょう。心配しないで。わたしはいつもあなたのそばにいる。いいわね、その調子で学校の勉強を続けてちょうだい」

アダルジーザは一枚のメモ用紙に、新しい電話番号を手早く書いた。

「なにかあったら、ここに電話して」

そして、しばらく思い惑っていた。ひどく急いでいるはずなのに、なにを躊躇《ちゅうちょ》していたのか、あのときのわたしには理解できなかった。おそらく、別れの挨拶をするためにわたしを抱きしめるべきなのか、ためらっていたのだろう。けれども、わたしの頑《かたく》なな態度に気持ちを挫《くじ》かれたのか、テーブルのむこうから挨拶しただけだった。わたしも立ちあがり――足にはほとんど力が入らなかった――、まるでもう彼女がそこにいないかのように窓辺へ行き、外の景色を眺めた。冬だったので、表の通りにもむかいのバルコニーにも花はなく、路線バスが子どもたちを家に送り届けていた。

33

その一月の最後の金曜日からというもの、アダルジーザは思いもよらない行動をとるようになった。わたしは、しばらくあの人には会うこともないだろうと思っていた。もしかするともう一生会わないかもしれない。あの人は、これまでどおり離れた場所から、わたしのためにお金だけを出しつづけるにちがいない。ところが、それから二日後に彼女から電話があった。電話を受けたビーチェ夫人は、「いますよ」と答えながら、わたしの意思を確認するためにこちらを見た。わたしはバスルームを指差して急ぐふりをすると、なかに入って鍵をかけた。バスタブの縁に座り、電話口で二人がわたしのことを話しているのを聞いていた。勉強や食事といった、お定まりの話題だ。

けれども、しばらくしてふたたび電話がかかってきたときには、逃れられなかった。

「スイミングにまた申し込んでみたらどうかしら。近いうち、学校の帰りに一緒に行きましょう」

「興味ない」わたしは即座に答えた。

「だったら、バレエ教室は？」

「バレエも行かない」

だってあなた、あんなに好きだったじゃないの、とアダルジーザは執拗に食いさがった。それに、お友達にもまた会えるわよ。

「みんなもう、わたしのことなんて忘れてる。ごめん、もう夕飯ができてるから」

わたしは、必要最低限のこと以外、彼女の世話になりたくなかった。とはいえ、バレエ教室を断ったのは、消化の悪いものを食べたときのように、ひと晩じゅう胸に重くのしかかった。それほどバレエが好きだったのだ。

あるとき、下校の時刻にアダルジーザが学校へ来た。その日は朝のうち晴れていたのに、いきなり雨が降りだしたのだった。子どもを迎えにきた親たちでごった返す校門で、大きな男物の傘を差したアダルジーザが待っていた。わたしは思わず引き返そうとしたけれど、がやがや喋りながら校門を出る生徒の波に押し戻された。彼女がわざわざわたしを迎えにきていて、こちらにむかって手を振っている以上、素通りするわけにもいかなかった。

「きっと雨具を持ってないだろうと思ったのよ。今朝はお日さまが出てたものね」

アダルジーザはそう言って、腕を組むために肘を差し出したが、わたしは無視をした。クラスメートに気づかれませんようにと祈るような心地で、あの人の隣を歩いた。もし、誰なのと尋ねられたら、なんと返事をすればいいのかわからなかった。

それでいて言いようのない安堵感も覚えた。初めて自分がほかの子たちとなんら変わりのない高校生だと思えたのだ。冬の嵐の日、わたしにも迎えにきてくれる家族がいる。そう思えた。

アダルジーザは、突然の嵐でみんな一斉に迎えにきたから、離れた場所にしか車を停められなかったのだと言った。雨粒が傘に激しく打ちつける。ようやく、雨に洗われた彼女の紺の軽自動車が見えてきた。アダルジーザはわたしが助手席に乗るまで傘を差しかけてくれ、それからぐるりと回って運転席に乗り込んだ。車内は、まだかすかに酸っぱいにおいがした。何年か前にワインビネガーをこぼしたことがあったのだ。それも、アダルジーザが首を振ったとたん、香水の匂いでかき消された。彼女は毎朝、耳たぶの裏側の窪みと手首を香水で湿らせていた。鏡の前でいつも彼女がしていたその仕草を、わたしははっきりと憶えていた。

ダッシュボードには、聖ガブリエーレの絵がほどこされた磁石が光っていて、赤ん坊の小さなカラー写真が留めてあった。「スピードの出しすぎに注意。いつもぼくのことを考えてね」と書かれている。その隣には、古い磁石で、褪せたわたしの白黒の顔写真が留められていた。わたしは曇ったガラスを伝って落ちる水滴を目で追ったまま、家に着くまでひと言も口を利かなかった。

「このなかに、今朝つくった肉のトマトソース煮込みが入ってるわ。温めて食べてちょうだい」あの人はそう言いながら、マンションの入り口の前で、ナプキンに包んだ小鍋を差し出した。

わたしは階段のところでしばらく立ち尽くしていた。なにが起こっているのか理解できなかったのだ。どうしてアダルジーザは、これまでとは打って変わって馴れ馴れしい態度をとるようになったのだろう。わたしは驚き、戸惑った。とっくにあきらめていたし、信じることもやめていた。なのに、待ち伏せして無理やり会った翌日から、彼女はひどく優しい態度をとるようになった。わたしは、ふたたび彼女の胸に身を任せたくなる危険を感じとっていた。それは言葉では言いあらわせないほど強烈な誘惑だった。

ところが、それから数週間、アダルジーザはなにも言ってこなかった。またしても存在を消したかのように。肉料理の入っていた小鍋は、ビーチェ夫人のキッチンの棚で持ち主が取りにくるのを待っていた。わたしの頑なな態度が彼女を遠ざけたのだろうか。そうではなく、アダルジーザの気まぐれの始まりだった。時が経つにつれて、そんな彼女の、たいていは短い間隔を挟みながら、現われたと思ったらまたふっと姿をくらますやり方にわたしは慣れていった。アダルジーザは、わたしと新しい家庭とのあいだで心が引き裂かれていたのだ。わたしはわたしで、言葉にこそしなかったものの、いつもあの人のことを待っていた。そのくせあの人が姿を現わすたびに、不機嫌な態度をとった。そんな関係が、わたしが彼女を必要としなくなるまでのあいだ続いた。

あんな女、来ようが来まいが関係ないと思っているはずなのに、呼び鈴が鳴るたびに胸が高鳴った。

あるとき、久しぶりに現われたアダルジーザはわたしの好きな色のセーターを持っていた。わたしは彼女の手からひったくるようにしてそれを受け取った。

「赤にしてみたの。サイズは合ってるかしら」

わたしは肩をすくめると、着てみせようともせずに部屋へしまいに行った。アダルジーザもついてきて、ぐるりと部屋を見渡した。

「ここじゃあ、少し狭いわね」考え込むようにそう言った。そして、しばらく姿を見せなかったのは、引っ越しで忙しかったからなのと言い訳した。「ここのところ来られなくてごめんなさいね。やらなきゃいけないことが山のようにあって……」前に住んでいた海辺の家に、新しい家族と一緒に戻ったらしかった。

「あちこち手を入れる必要があるのよ。グイドは仕事でいつも留守だし、子どもはまだ小さいから、きっと何か月もかかるわね」

わたしたちの人生を大きく変えた人物の名を、アダルジーザの口から聞くのはそれが初めてだった。子どもの名前を尋ねると、彼女は相好を崩した。フランチェスコというの。いつもお祈りをしている守護聖人に因《ちな》んだのよ。わたしは、気取られたくなくて顔を斜め四十五度に背けていたけれど、彼女の言葉をひと言も聞き洩らすまいとしていた。

「あなたのベッドもまだあるわ」夜のあいだわたしの身体を温めてくれるアブルッツォ織の毛布に触れながら、アダルジーザはどちらかというと自分自身に言い聞かせるようにつぶやいた。

鞄には、ほかにもわたしのための物が入っていた。長靴下、銀のブレスレット、そして、一年じゅうがさがさな唇のためのリップクリーム。わたしは臆面もなくそれらを受け取り、お礼も言わなかった。あの人がサイドテーブルにならべるそばから、どれを妹に持っていこうかと考えていた。

「日曜日、うちにお昼ご飯を食べに来ない？」唐突にアダルジーザが言った。

「週末は村に帰る」ひと呼吸おいてから、わたしは彼女の顔を見ずに答えた。

「それじゃあ、次の日曜にしましょう」彼女はそう提案した。

それからいくつもの日曜が過ぎていった。

復活祭《パスクア》のお休みで村に帰ったとき、わたしはアダルジーザから昼食に招待されたことを母親に話してみた。台所で二人きりになると、まれに打ち解けた雰囲気になることがあったのだけれど、ちょうどそんなときだった。わたしは茹で卵の殻をむくのを手伝っていた。司祭さまのところへ持っていき、祝福してもらうのだ。

「行っておいで。アダルジーザがあんたを育ててくれたことを、忘れちゃいけないよ」

長い歳月のあいだ、母親がわたしとアダルジーザの仲を取り持とうとしたのは、そのときだけではなかった。母親は、表にこそあまり出さなかったけれど、ほかの兄妹とはまったく異なる教育をわたしにほどこしたことに対して、又従妹のアダルジーザに感謝の念を抱いていた。

「あの人がいなかったら、いまごろあんたはどこかの農場で働いてるはずだよ。あんたは貧乏を知らずに育った。貧乏は、勉強なんかできずに、空腹に負けないくらいつらいもんだ」ある日、母親が諭すようにそう言った。そして、こうも言い添えた。「あの人が間違ったことをしたのは確かだけれど、だからって、一生ふくれっつらをするつもりかい？」

その後、アダルジーザからの誘いはなかったものの、相変わらずわたしを昼食に招待したがっているようだった。わたしたちはたいていビーチェ夫人の家で会っていたが、一度だけ頼まれて一緒にデパートへ行ったことがあった。アダルジーザは買い物がしたかったらしく、わたしのものからベビー用品まで、いろいろと買っていた。売り場から売り場へとめぐるわたしたちの姿を傍《はた》から見たら、また元のように母娘《おやこ》に見えたにちがいない。

アダルジーザがふたたびわたしを招待したのは、五月の初めのことだった。頬を紅潮させて、興奮気味に階段をのぼってきた。奇妙な昂揚感を漂わせて。

「グイドがあなたに会いたいって言ってるの」音のない緩慢な拍手のように、何度も手を合わせながら言った。「この場で断らないでちょうだい。金曜日に電話をするから」

傍らではビーチェ夫人が激励の笑みを浮かべてわたしたちを見守っていた。

金曜日、電話に出たビーチェ夫人がわたしを呼んだ。その際、しばし送話口をふさいで言った。

「行ってらっしゃいな。とても楽しみにしてるみたいよ」

こうしてわたしは、自分でも思いがけないことに、日曜の朝、念入りにお洒落《しゃれ》をしたうえに、サンドラからマスカラと黒のアイライナーを借りて、少し大袈裟なほど目を大きく見せるメイクをした。アダルジーザは迎えにきたくてたまらないらしく、早朝から電話をよこした。それなのにわたしは、天気がいいから歩いて行くと断った。

わたしは自分の服装が気に入らず、出掛ける直前に着替えることにした。そして、青白い頬に紅をさした。誰のために身支度をしているのか自分でもよくわからずに。わたしは約束の時間に遅れて長距離バスの終点に着いた。とっくに到着していたアドリアーナが、恐ろしい形相で待っていた。

「町のど真ん中でうちを独りにするなんて、姉ちゃんの頭、どうかしとるよ。朝早くからエルネストさんの公衆電話で呼び出して叩き起こしたくせに、迎えにも来てくれんの？」

わたしは、アダルジーザの家を一人で訪問するのが嫌で、妹に一緒に来てほしいと頼んだのだった。一瞬、誘ったことを後悔した。妹がつんつるてんの服を着て、汚れた靴を履いていたからだ。髪の毛だって相変わらず脂ぎっている。日曜はお風呂に入る日ではなかったか。妹はわたしの視線を察した。

「だって、洗ってたら郵便車《ポスターレ》に乗り遅れそうだったんだもん」

「長距離《アウトブス》バスでしょ。アドリアーナ、いい？　わたしに内緒でバスに乗って来ちゃったって言うのよ」わたしは妹を抱きしめた。

二人で代わり番こにハンカチに唾を吐き、くっくっと笑いながら古いモカシン靴をきれいにした。それから急ぎ足で歩きだした。言い聞かせておかなければならないことが山のようにあったので、道中ずっと喋っていた。

「お願いだから、標準語で話してね。それと、パン以外の食べ物は手づかみしちゃダメ。ちゃんとフォークとナイフを使うの。やり方がわからなかったら、わたしの真似をすればいいから。あと、嚙むときは口を閉じて。絶対にくちゃくちゃと音を立てないこと」

「やめて、聞いてるだけでいらいらする。イギリスの女王さまにでも会いに行くみたい。あの人にされたこと、きれいさっぱり忘れちゃったん？」

「つべこべ言わないで。アダルジーザに援助してもらって町に出てきたいなら、お行儀よくするの」

まだずいぶん距離があるというのに、路線バスの停留所が見えても、アドリアーナは断固として歩きたがった。

約束の時間に遅れて到着したわたしたちは、庭の門の呼び鈴を鳴らした。すると、耳慣れない音がした。以前よりもメロディアスだ。庭のフェンスも換えられていて、外からはなにも見えなかった。最後にもう一度、アドリアーナの汗だらけの顔をチェックし、両サイドの髪を耳にかけてやった。これで、脂っぽいことが少しは目立たなくなるだろう。

「わかってるわね」わたしは念を押した。

がちゃりと鍵の開く音がした。庭に入ると、刈ったばかりの芝生や、数種類の花が幾何学模様に配置された花壇が見えた。植えて間もない若木もあり、根もとの土を掘った跡が残っていた。わたしは口がからからになり、胸がざわついた。玄関には白いワイシャツ姿の男の人が立っている。

「女の子が一人訪ねてくる予定だったが、二人でお出ましだね」男の人は、笑みを浮かべてそう言った。そして大人どうしでするように、握手で出迎えてくれた。力強くて好感の持てる態度だった。

「こんにちは。妹がいきなり訪ねてきたんです」わたしはそんな言い訳をした。

「そいつはちょうどいい。どうぞお入り。もう一人分、席を準備しよう」

食堂に通されたわたしたちは、気後れがして、身を寄せ合って縮こまっていた。家のなかは一見したところ以前とおなじなのに、はっきりとは定義できないなにかが不可逆的に変化していた。

「すぐにアダルジーザも来る。むこうで赤ん坊を寝かしつけてるんだ。十二時ぴったりにミルクを飲ませたから、もう眠るはずだ。待ってるあいだに手を洗っておいで。洗面所はあっちだよ」

「知ってます。ありがとう」

アドリアーナは股をぎゅっと閉じた姿勢でドアのほうへ走っていき、騒々しい音を立てて開けた。しばらく前からおしっこがしたいと言っていたのを、わたしはすっかり忘れていた。ドアを閉めるとき、追いかけてくる視線を感じた。

「パンツに少し漏らしちゃった。におわんといいけど」

わたしは大丈夫よと妹に言い聞かせた。いや、自分自身にかもしれない。化粧品のならんだ棚に見惚れているアドリアーナを説き伏せて、バスルームから引きずり出した。腕時計をしていなかったので時間の感覚がなかったが、昼食の時間にはずいぶん遅いような気がした。

食堂には誰の姿もなかった。キッチンから二人の話し声が聞こえ、アダルジーザがよく作っていた魚料理の匂いがした。以前の習慣から、わたしは思わずなかに入り、コンロにかかっている鍋をのぞいて味見をしたいという衝動に駆られた。けれども、一歩足を踏み出したところで思いとどまった。頭が混乱した。そこはもう自分の家ではなく、わたしは単なる客にすぎないのだ。

それでも自分の部屋だけは、ちらりとでもいいから見ておきたかった。

「アドリアーナ、わたしが寝てた部屋を見せてあげる。この隣なの」

確かにわたしのベッドはそのままだった。けれど、本もぬいぐるみも、中学にあがるまで遊んでいたバービー人形も、みんな消え失せ、代わりに棚という棚が大小さまざまなボトルシップで埋めつくされていた。なかにはものすごく小さくて、切手ほどのサイズの帆船もあった。作りかけの作品がひとつ、机の上に放置されていた。ボトルのなかにはすでに帆船が入っていたが、マストが折り畳まれた状態で甲板に横たわり、長い糸が木製の台まで垂れていた。周囲には道具が散乱していた。ピンセットや小さな丸鑿《まるのみ》のセット、そのほかなにに使うのかよくわからないミニサイズの道具がいくつもあった。

部屋にはもう、わたしの物などひとつもなかった。

「気に入ったかい？」

わたしはうろたえた。だが、質問はアドリアーナにむけられたものだった。うっかり目を離した隙に、アドリアーナが好奇心旺盛な手でボトルをひとつ持ちあげて、見入っていたのだ。

「それは、いちばん組み立てるのが難しかったんだ」ボトルシップの秘密を説明しようと妹のほうに歩み寄りながら、その人は言った。

「すごい。とってもきれいにできとる」アドリアーナは褒めた。

「敬語を使わないとダメでしょ」たいして声を潜めもせずに、わたしは注意した。

「そんな必要ないわ。そのままで構わない。自然体でいいじゃない」

そう言ったのは、ようやく姿を現わしたアダルジーザだった。

ブルーの服を着て、上から料理用のエプロンをかけ、紐を結んでいる。アドリアーナがいることに少しも驚かず、歓迎してくれた。ご両親はお元気？と尋ね、わたしの手を握ってきた。感激のせいか、掌にはじっとりと汗をかいていた。

「グイド、この子のことはいつも話してるわよね。やっと会いにきてくれたわ。もう自己紹介は済んだ？」

「もちろんだとも。きみが言ってたとおり、実にしっかりした子だ」

するとアダルジーザは、わたしの手を強く握りしめ、思わず、わたしの代わりに「ありがとう」と言った。嬉しくてたまらずに飛び跳ねる子どものように、小さく身体を揺すりながら。

それからわたしたちを食卓に案内すると、アドリアーナの分の食器を新しくならべた。金箔《きんぱく》の縁取りがあるお皿の前に、デザート用のフォークとスプーンまでならべられるのを見た妹は、思ったままを口にした。

「こんなにたくさんのフォークやナイフをどうやって使えばいいん？　うちは、フォークが一本とナイフが一本あればそれで十分。もしスープもあるんなら、スプーンも要るけど」

わたしは気づかれないように妹の足を踏んだ。妹を見張るために、隣の席を選んでいたのだ。むかいの席のグイドが愉快そうに笑った。

「心配しなくていいさ。好きなのを使えばいい。でも、いちばん小さいのは、あとでおいしいものを食べるときにきっと必要になると思うよ」

続いて学校は好きかと尋ね、アドリアーナはまあまあと答えた。

「きみが優秀なことは、アダルジーザからいつも聞かされているからよく知ってるよ」妹にばかり質問していることを弁解するかのように、グイドはわたしにむかって言った。

二人は村の話題で盛りあがっていた。グイドは子どものころ、親戚に会うために村に行ったことがあるそうだ。果てしなく続く食事のことや、舌がとろけるほどおいしい腸詰め《サルシッチャ》のこと。すると妹は、「吸いかけ葉巻《メッゾ・シーガロ》」の料理するローストポークは、死んだ人も息を吹き返すほどおいしいのだと返した。アドリアーナはグイドとだと居心地がいいらしく、あれほど言い聞かせた注意も忘れてしまった。そのため、妹が口をひらくたびにわたしははらはらした。アダルジーザは嬉しそうに、キッチンと食堂のあいだを行ったり来たりしていた。

最初に運ばれてきたのは海の幸の前菜《アンティパスト》だった。料理の出来映えを知るために、アダルジーザはまずグイドが味見をするのを待った。彼はおいしいと言う代わりに、深くうなずいた。アドリアーナは殻をむいたアカザエビをフォークに突き刺して、ぐるぐるまわして眺めていた。

「なにか変なところでもあるのかい?」グイドが尋ねた。

「イモ虫みたい」妹はそう言いながら、楽しそうに味わっていた。

それから、昆虫や幼虫を食べる民族のことを冗談まじりにひとしきり話した。わたしは暑くてたまらず、食欲は湧かなかった。アドリアーナが不適切なことを口にしても、もはやあきらめて足を踏みもしなかった。妹はいつもと変わらぬ妹だった。

アダルジーザがアサリのスパゲッティをみんなのお皿に盛っていたとき、油がはねて、グイドのワイシャツに命中した。

「ごめんなさい、あなた。すぐにベビーパウダーを取ってくる」

そう謝ると、アダルジーザは献身的な手つきで染みにベビーパウダーをすり込んだ。そのあいだグイドは、彼女が作業しやすいように上半身を後ろに反らせた。アダルジーザはそばを離れる前に、彼の胸をゆっくりと斜めに撫でてから自分の席に戻った。前の夫に対してそんな態度をとっている彼女を、わたしはかつて見たことがなかった。

「今日は砂が入ってないだろうね」いくらか神経質な口調でグイドが確認した。

「特別おいしい」くちゃくちゃと噛みながらアドリアーナが答えたけれども、質問はわたしたちにむけられたものではなかった。

「いまのところ入ってないみたい。ちょっと塩辛いけど、大丈夫。アサリの塩抜きが少し足りなかったのかもしれないわね」

そのとき、むこうの部屋から母親を呼ぶ小さな声がした。

「いつもより早く目を覚ましちゃったのね。いま連れてくるわ」アダルジーザが立ちあがりかけた。

「いいや、行くな。きみはそこで食べてなさい。フランチェスコに時間を守らせないといけないんだ」

「でも、泣いてるわ」彼女は力なく言い返した。

「小児科医と相談のうえで、一日のリズムを決めたんだ。泣かせておけばいい。しばらく泣いたらまた眠るだろう」グイドは皿を指差してアダルジーザに言った。「さあ、きみも食べなさい。料理が冷めてしまうじゃないか」

アダルジーザは座りなおしたが、背筋をこわばらせて、座面に浅く腰掛けただけだった。フォークでスパゲッティを巻きとったものの、指で柄を力なく握ったまま、食べようとしない。赤ん坊のむずかる声がときおり静かになると、アダルジーザの表情も穏やかになった。そしてグイドに言われたとおり、フォークを持ちあげて口に運ぼうとするのだけれど、ふたたびむずかる声が聞こえ、しだいに大きくなるのだった。

グイドはクリスタルグラスから白ワインをひと口飲むと、乾いた唇をナプキンで押さえた。

「こじ開けるんじゃない。閉じてる貝は捨てるんだ」その一本調子の言葉には、先ほどまでの、軽口まじりの優しさが跡形もなく消えていた。

わたしはアドリアーナのほうを見た。ナイフの先でアサリを無理やり開けようとしている。

「だってもったいないやん」一滴の汁も残さず平らげたお皿の真ん中に閉じた貝を置きながら、妹は言い訳した。

貝の殻が陶器に当たる音が、一段と甲高くなった赤ん坊の泣き声に掻き消された。グイドは右手の指でテーブルをとんとん叩いていたが、ほどなく立ちあがった。わたしたちは三人とも、赤ん坊の部屋へ行くにちがいないと思い、その動きを目で追った。ところがキッチンへ入っていった。アダルジーザが忘れていたメインディッシュを取りに行ったのだ。スズキとポテトのオーブン焼き。それを見ても、アダルジーザは両手を膝の上に力なくのせたままだった。

「連れてきちゃえば?」グイドが席を外したわずかな隙に、アドリアーナが小声で言った。

アダルジーザは答えなかった。もしかすると聞こえていなかったのかもしれない。オーブン皿を持って戻ってきたグイドは、それを直接フランドルのテーブルクロスの上に置いた。皮と骨を取り除いたうえで、たっぷりの白身魚をわたしたちの皿に盛り、ポテトを添えてくれた。そして笑顔をとりつくろいながら、どうぞ召しあがれと言った。赤ん坊の泣き叫ぶ声が空気を震わせる。

「具合が悪いのかもしれないわ」アダルジーザの言葉はもはや懇願に近かった。

「五分も泣かせておけば寝るだろう。ただのわがままだ」

グイドはもう一度キッチンに行き、パン籠を持って戻ってきた。すっかり冷めてしまったアダルジーザのスパゲッティを下げ、代わりにメインディッシュを置いた。すると彼女は軽く顔をそむけた。料理は見たくもなかったのだ。唇の両側にある深い窪みのせいで、その顔は急激に老けたように見えた。

アドリアーナが少し食べただけで、ほかは誰も口をつけなかった。数メートル先から響きわたる激しい泣き声とは裏腹に、沈黙が食卓を支配していた。急に泣き声が弱まり、やがて途絶えた。グイドがさも満足そうにうなずいている。ところが、それからふたたび、さらに激しく響きわたった。

あのときわたしは、アダルジーザがなぜあんなに激しい泣き声を聞いていられるのか理解できず、心を痛めていた。のちになって、パートナーの無言の視線が彼女の行動を制していたのだと理解した。

そのときアドリアーナが立ちあがったことに、二人はおそらく気づかなかった。わたしは、トイレに行くのだろうと思った。全身が麻痺したかのように席から動けなかった。泣き叫ぶ声が家じゅうを占領し、思考をふさぐ。わずか数分の出来事だったのに、その日の空気を一変させた泣き声は、果てしなく続くように思われた。自分の椅子に座り、背もたれに身を預けたアダルジーザは、点いていないシャンデリアを見つめていた。片方の目もとのアイラインがにじんでいる。グイドは指の腹で皿の縁をなぞっていたが、次の瞬間、わたしの背後にあるなにかを見て驚愕した。わたしは振りむいた。

赤ん坊を抱いたアドリアーナが立っていたのだ。赤ん坊はすでに泣きやみかけている。顔はまだ赤らみ、涙でぐちゃぐちゃ、髪は汗で額にくっついたまま、アドリアーナの腕のなかでおとなしく揺すられていた。

「断りもなくわたしの息子に触るな」父親が勢いよく立ちあがって言った。後ろで椅子がひっくり返った。息は荒く、首筋の血管が浮き出して脈打っていた。

アドリアーナはそんな父親を一顧だにせず、赤ん坊をそっと母親に渡した。

「ベビーベッドの柵のあいだに手が挟まってた」そう言って、小さな手首についた赤い痕を指差した。ひと目でわかるほど皮膚が腫れあがっている。アドリアーナは指で赤ん坊の髪を後ろに撫でつけ、ナプキンで涙を拭いてやってから、わたしの隣の席に戻った。アダルジーザは痛々しげな指の一本いっぽんにキスをした。

妹の腿に手をのせたところ、硬く緊張していることが掌を通して伝わってきた。堂々とふるまっているように見えて、その実、全身が震えていたのだ。

グイドは椅子を起こすと、その上にくずおれた。両腕が床のほうにだらんと垂れ下がっている。先ほどまで小さな妹に指を突きつけ、声を張りあげて脅していた男の面影は、そこにはなかった。ワインと水の入った二つのグラスを見るともなく眺めている。どれだけの時間、その状態でいたのかわからないが、あの日のことは、いまでも彼のその姿とともに記憶に焼きついている。

誰もひと言も口を利かなかった。ふたたび眠りについた赤ん坊がときおりしゃくりあげる声だけが聞こえた。アドリアーナの肩に軽く触れただけで、わたしの意思は伝わった。

「お昼ご飯、ご馳走さまでした。どれも本当においしかったです。だけど、そろそろ帰らないと。一時間後には、村に戻るバスに妹を乗せないといけないので」わたしは一気にそう言った。

アダルジーザは、なす術《すべ》もないというように、悲嘆に暮れた目でわたしたちを見た。ほとんど感知できないほどかすかに首を横に振り、帰らないでと言っている。彼女が心待ちにしていた日曜は、こんなふうに終わるはずではなかった。

挨拶をするためにそばへ行くと、赤ん坊がまとう温かいパンの匂いがした。ぐっすり眠ってはいるものの、ときおりぴくりと身体を震わせる。堪えきれずに、手編みのコットンセーターの上から触れてみた。おそらくわたしのお下がりだと思われるそのセーターは、とても柔らかかった。アダルジーザが、わたしの幼少期の思い出の品々と一緒に箱に入れて、洋服だんすのいちばん上の段にしまっていたものだ。わたしは反射的に、青いセーターについていた一本の抜け毛をとりのぞいた。あたかも、当時の完璧さを取り戻すかのように。

「デザートだけでも食べてってちょうだい」アダルジーザが思い切って引き留めた。

「こんど来たときにする」アドリアーナが答えた。

「ちょっと待ってくれ」グイドがそう言うと、切り分けたタルトを紙に包んで持たせてくれ、玄関先までわたしたちを見送りに出た。

「いま、庭をきれいにしてるんだ。またおいで。こんどは外で食事をしよう」

わたしは門を出て、扉を閉めた。ようやく胸いっぱいに空気を吸い込むことができた。

「偉かったね」わたしは言った。

「誰かが赤ちゃんのとこに行ってあげないとでしょ？　どっか痛くて泣いてるのかもって思わなかったんかなあ」

わたしたちは庭に沿って歩道を歩きだしたものの、角まで行ったところで方向を変えた。バスまでにはまだ時間がある。アドリアーナを誘って砂浜までおりることにした。ひらいているパラソルは数えるほどしかなかった。海水浴の季節にはまだ早かったのだ。わたしたちは靴を脱いだ。アドリアーナは半信半疑で波打ち際までついてきた。そこは遠い昔にヴィンチェンツォと来たのとほとんどおなじ場所だった。二人して押し黙ったまま、兄に思いを馳《は》せた。

服を脱ぎはじめたわたしを、アドリアーナは最初、頭がおかしいんじゃないのという顔つきで見ていたが、そのうちに自分も、温もった砂の上に服を脱ぎ捨てた。恐怖心も一緒に。そしてわたしの手に身を委ねた。わたしたちは下着姿で海に入っていった。小魚の群れが足首をかすめる。すぐに冷たい海水にも慣れた。おずおずと歩くアドリアーナのまわりで、わたしは泳いだ。水をひっかけると、お返しに頭を水中に押し込まれた。

海のなかでむき合って立ったわたしたちは、強烈な孤独で結ばれていた。わたしは胸まで、アドリアーナは肩まで水に浸かりながら。

わたしの妹。岩にへばりついたわずかな土くれから芽を出した、思いもかけない花。わたしは彼女から、抗うことを教わった。いまのわたしたちは、あのころほど目鼻立ちは似ていないけれど、世の中に放り出されたという感覚は変わらない。そんな負の感情を分かち合うことで、わたしたちは救われたのだ。

まぶしい陽光を反射して細かく揺れる海面のきらめき越しに、わたしたちは見つめ合っていた。その先は遊泳禁止区域だ。わたしは瞼を軽く閉じ、睫毛のあいだに妹の姿を捉えた。

訳者あとがき

十三歳というもっとも多感な時期に、それまで慣れ親しんでいた生活から無理やり引きはがされ、実の両親の許《もと》に戻されることになった「わたし」。恐る恐る開けた扉のむこうには、中流家庭の一人娘としてなにひとつ不自由なく育てられた「わたし」が想像さえしたことのないような貧困に喘《あえ》ぐ家庭と、初対面のきょうだいたちが待ち受けていた。

以来、「わたし」は、産みの母親と育ての母親、二人の母親を持ちながらも、どちらからも捨てられたと思い込み、どちらのことも素直に「お母さん」と呼べなくなってしまう。

わたしは何年ものあいだ、一度も母親を呼んだことがなかった。実の母親の許に戻されてからというもの、「お母さん」という単語は、まるで外に飛び出すことのできない蟇《ひき》蛙《がえる》のように、わたしの喉の奥にへばりついていた。


子どもにとって母親は、神聖かつ理想の存在だ。自らの胸の内にある母親像を壊したくないがために、理不尽な仕打ちを受けると自分のせいだと思い込み、激しく自分を責める傾向があるという。それは子どもにとってひどく残酷なことであり、心が悲鳴をあげる。そうした子どもたちの痛みを、この小説で描きたかったのだと著者のドナテッラ・ディ・ピエトラントニオは述べている。心の傷《フェリータ》は小窓《フェリトイア》であり、その奥をのぞき込むことでしか見えてこないものを語るのが小説の役割だと。

　硬質で抑制の効いた描写のなかに溜め込まれた「わたし」の感情が、ときおり堰《せき》を切ったように溢《あふ》れ出る。読む者は、とつぜん新しい環境に放り込まれた「わたし」と一緒に小説世界に引きずり込まれ、大人たちがひた隠しにしている真実を、共に探し求めずにはいられない。

*

本書の舞台となっているのは、アブルッツォ州の山間《やまあい》の小村だ。イタリア半島中部のアドリア海側に位置する同州は、「イタリアの背骨」と呼ばれるアペニン山脈の二千メートル超の峰々が連なる内陸部と、人口の大半が集中する平坦な沿岸部との二極化が著しい。首都ローマから州都ラクイラまで直線距離であれば百キロあまりなのだが、高い山脈に阻まれ、長いあいだ中央とは隔絶されてきた。

　描かれている時代は、十三歳だった「わたし」が実の両親の家に戻された一九七五年からの二年間。当時、とりわけ山間部の村々は貧しく、さまざまな因習が強く残っていた。そんな神話めいた趣のある山村で、新しい生活を余儀なくされる「わたし」の戸惑いは、実の家族が抱える貧困や、彼らの話す方言、そして無口でぶっきらぼうな両親や、兄たちの粗暴なふるまいによって増幅される。

　逆算すると「わたし」が生まれたのは一九六二年という設定になるが、これは作家の生年と一致する。当時のイタリアでは、親同士の合意だけで、子沢山の家庭から子どものいない家庭に乳幼児が引き取られるということは、頻繁に起こっていたらしい。現に未成年の子どもの権利にまがりなりにも配慮した養子縁組法がイタリアで整備しはじめられるのは、一九六七年のことだ。

本書では中流家庭と貧困家庭とが見事に対比されているが、そのどちらの場合においても、それぞれにひずみが隠され、抑圧された女性たちの犠牲になっているのが子どもだという構図が変わらないことに驚かされる。残念ながら、決して過去の話ではなく、またイタリアだけの話でもないだろう。親の離別や養子縁組にあたって、子どもの権利を守るという観点からの法整備が後《おく》れているうえに、子どもの貧困が年々深刻になっている日本においても、おそらく他《ひ》人事《とごと》ではないはずだ。

「わたし」という一人称で語られている本書の主人公は、最後まで名前が明かされない。唯一用いられている呼称は、作品のタイトルともなっている女性形の形容詞Arminuta《アルミヌータ》（アブルッツォ地方の方言で「戻された」という意味を持つ）だけである。それはおそらく、「母親」からじゅうぶんな愛情を注いでもらえず、自らの居場所を求めてさまよう無数の子どもたちを具現しているからなのだろう。

＊

作者のドナテッラ・ディ・ピエトラントニオは、本業は小児歯科医という、一風変わった経歴の持ち主だ。先にも述べたとおり、一九六二年、アブルッツォ州の山間の村（テーラモ県、アルシータ）で生まれ育った。その後、同州の州都であるラクイラに移り住み、ラクイラ大学の歯学部に入学。卒業後は歯科医の道に進み、現在は同州ペスカーラ県のペンネという町で小児歯科医として活躍している。

幼少期、近所に一緒に遊べるような年代の子どもはおらず、家にはテレビもなく、「ないものだらけ」だったらしい。そんな欠落を埋めるために、学校にあがり読み書きを覚えると、すぐに物語を書くようになった。そうして始めた創作は、大人になってからも続けていたものの、長年、趣味の域を出ることはなかった。だが、五十歳を目前にした二〇一一年、自らの故郷アブルッツォ州の山間の村を舞台にした長篇小説、『川のような母（Mia madre è un fiume）』で念願の作家デビューを果たす。アルツハイマー症で記憶を失っていく母と、その娘との愛憎をミニマルな文体で描いた処女作は、《ジョン・ファンテ新人賞》および《トロペア賞》を受賞し、特異な経歴と相俟《あいま》って大いに注目された。

次いで二〇一三年には、大地震（二〇〇九年）に見舞われた後のラクイラの町を舞台にした長篇小説『美しきわが町（Bella mia）』を発表した。双子の姉を亡くした女性が、姉の遺児である思春期の甥《おい》と、老いた母親と、仮設住宅で暮らしはじめる物語だ。家族の死によって受ける三者三様の喪失を抱きながら、共に生きていく術《すべ》を模索する者たちの痛みと再生を描いた同作は、《ブランカーティ賞》の小説部門に輝き、作家としての地位を確固たるものにした。

その後、二〇一七年に発表された待望の長篇三作目が、本書『戻ってきた娘（L' Arminuta）』だ。「リアリズムと寓話を見事に融合させた」と評され、イタリア文学界で権威ある《カンピエッロ賞》のほか、《アラッシオ賞》《ナポリ賞》と国内の文学賞を相次いで受賞。二十八か国で翻訳刊行が進められ、海外でもその名を知られるようになった。また、本国では舞台化されただけでなく、映画化も決まっており、新進気鋭の映画監督ジュゼッペ・ボニートのもとで目下撮影中ということだ。

いまやイタリアを代表する作家の一人となり、読者からも版元からも次作を待ち望まれる立場になったディ・ピエトラントニオだが、小児歯科医という生業《なりわい》を手放す気は微塵《みじん》もないらしい。純粋に好きだから書くというスタイルを貫き、朝五時に起きて、皆が寝静まっている時間を執筆にあて、昼間は歯科医という生活を続けている。

二〇二〇年の秋には、長篇四作目となる、『ボルゴ・スッド（Borgo Sud）』が刊行された。これは本書の続篇にあたり、「わたし」とアドリアーナ、対照的な姉妹のその後が描かれている（ボルゴ・スッドは、アブルッツォ州のペスカーラにある漁村の名前）。本書を書きあげてからも、二人が心の内に住み着いて離れなかったと語っていた作家にとって、大人になってからの姉妹の物語を書くことは、いわば必然だったのだろう。芯が強く、しなやかで、決してあきらめることのない主人公たちに魅せられていた読者も、その思いは一緒だったらしく、発売以来、つねにベストセラーの上位にランキングされ、早くも数多《あまた》の感動の声がSNSや書評サイトに寄せられている。

＊

邦訳の企画・刊行にあたっては、小学館文芸部の皆川裕子さんに大変お世話になった。訳者のレジュメを読んですぐに版権取得のために奔走し、翻訳作業を見守り、作品の魅力が日本の読者に伝わりやすいよう、細かなアドバイスをしてくださった。

また、「わたし」とアドリアーナの微妙な心の揺れと結びつきを細織な感性で表現し、本書に素晴らしい装いを与えてくださった川名潤さんと小山義人さんにも、心より御礼を申しあげる。

そのほかイタリア語に関する訳者の疑問に答えてくれた友人たちをはじめ、さまざまな形で本書がこうして形になるまで支えてくださった方々に心より感謝したい。ありがとうございました。

大人になった「わたし」とアドリアーナの物語も、近い将来、日本の皆さんに届けられることを願っている。

二〇二一年早春

関口英子

著　ドナテッラ・ディ・ピエトラントニオ（Donatella Di Pietrantonio）

1962年、イタリア中部アブルッツォ州テーラモ生まれ。1986年にラクイラ大学の歯学部を卒業後、小児歯科医として働きはじめる。2011年、生まれ故郷の村を舞台にした処女小説『川のような母』でトロペア文学賞を受賞、2013年にはラクイラ地震（2009年）をテーマとした2作目『美しきわが町』でブランカーティ賞を受賞。2017年2月、やはりアブルッツォ州を舞台にした本書『戻ってきた娘』を発表、ベストセラーになり、イタリアの二大文学賞のひとつカンピエッロ賞を受賞。

訳　関口英子（Eiko Sekiguchi）

埼玉県生まれ。イタリア語翻訳家。2014年に『月を見つけたチャウラ　ピランデッロ短篇集』で第一回須賀敦子翻訳賞を受賞。主な訳書にG・ロダーリ『猫とともに去りぬ』、D・ブッツァーティ『神を見た犬』、G・マッツァリオール『弟は僕のヒーロー』、F・M・サルデッリ『失われた手稿譜　ヴィヴァルディをめぐる物語』、I・カルヴィーノ『最後に鴉がやってくる』、P・ペレッティ『桜の木の見える場所』、D・スタルノーネ『靴ひも』、C・アバーテ『海と山のオムレツ』などがある。

編集　皆川裕子

戻《もど》ってきた娘《むすめ》

2021年3月30日　初版第一刷発行

著　者　ドナテッラ・ディ・ピエトラントニオ
訳　者　関口英子
発行者　飯田昌宏
発行所　株式会社小学館
〒101-8001　東京都千代田区一ツ橋2-3-1
編集03-3230-5720　販売 03-5281-3555

ＤＴＰ　株式会社昭和ブライト

印刷所　萩原印刷株式会社

製本所　株式会社若林製本工場

　ISBN978-4-09-356722-0